SEP 15 2010

NO LONGER PROPERTY OF
SEATTLE PUBLIC LIBRARY

D0642811

A E
& I

Pobre Patria mía

Autores Españoles e Iberoamericanos

Pedro Ángel Palou

Pobre Patria mía

La novela de Porfirio Díaz

SEATTLE PUBLIC LIBRARY

🌐 Planeta

Diseño de portada: Roxana Ruiz / Diego Álvarez
Fotografía del autor: Guillermo Piñón
Fotografía de interiores: © Fototeca Nacional - INAH

© 2010, Pedro Ángel Palou
c/o Guillermo Schavelzon & Asoc. Agencia Literaria
info@schavelzon.com

Derechos reservados

© 2010, Editorial Planeta Mexicana, S.A. de C.V.
Avenida Presidente Masarik núm. 111, 2o. piso
Colonia Chapultepec Morales
C.P. 11570 México, D.F.
www.editorialplaneta.com.mx

Primera edición: mayo de 2010
ISBN: 978-607-07-0395-9

Ninguna parte de esta publicación, incluido el diseño de la portada,
puede ser reproducida, almacenada o transmitida en manera alguna
ni por ningún medio, sin permiso previo del editor.

Impreso en los talleres de Litográfica Ingramex, S.A. de C.V.
Centeno núm. 162, colonia Granjas Esmeralda, México, D.F.
Impreso y hecho en México – *Printed and made in Mexico*

Para José Emilio Pacheco, mínimo homenaje.

Héroe de la paz, prodigio de la naturaleza.

Tolstoi

El general Porfirio Díaz no es un tirano: es algo rígido, pero no un tirano. Y aun cuando fuera un tirano, yo nunca prestaré ninguna ayuda para hacer una revolución, pues tengo horror por el derramamiento de sangre.

Francisco I. Madero, 1906

El presidente Porfirio Díaz es la araña que teje la tela del engaño y la injusticia que las arañas menores imitan.

Ricardo Flores Magón

Fuimos muy duros, algunas veces hasta llegar a la crueldad; pero todo esto fue entonces necesario para la vida y el progreso… Comenzamos por hacer que los salteadores fueran condenados a muerte y que la ejecución se llevara a cabo pocas horas después de haber sido aprehendidos y condenados.

Porfirio Díaz

Soy un fantasma de piedra, una roca invisible, aunque ma-
ciza. Estoy hecho de cantera verde. De la tierra que forma los
montes de Oaxaca. Soy pedernal labrado por los vientos, len-
tamente. Soy polvo y vengo del polvo. Mi cuerpo deshecho en
una finísima arcilla terminará por sepultarlos a todos. Por-
que no he muerto. Vivo o floto entre los muertos. Yo soy una
roca enorme, verde, calcárea. Hecha del material de las mon-
tañas, cuando toda esta tierra no existía y estaba bajo el mar.
Cuando éramos agua salada y oscura. Soy un fósil desente-
rrado, paleolítico, inmemorial. Soy blanco y oscuro. Verde y
transparente como el jade. Opaco y luminoso. Soy, para mi
desgracia, eterno. Porque soy también un lamento, un rencor,
una rabia negra y pegajosa, una bilis pestilente, una guerra
que no termina. Soy el hijo de Petrona Mori, el niño que ca-
minaba por los patios del Mesón de la Soledad, el niño huér-
fano, el niño solo. Hijo de una madre huérfana, también.
Solos hijos de solos, nos teníamos a nosotros mismos. Tierra
de fantasmas, ceniza y polvo. Alguna vez fuimos mar y no
tierra. Queda poco de esa época. Queda el dolor, la sangre.
Queda el sudor y el polvo. Petrona, piedra grande, mi madre:
rocosa como la Mixteca en que nació. Dura, impenetrable, co-
mo yo mismo. Soy el niño huérfano, pero también el niño car-
pintero, el niño cazador. Tallo la madera cerca de la iglesia
de San Pablo. Camino por esas veredas desde La Toronja, la

casa en la que venimos a vivir cuando ya no pudimos con la pobreza en la ciudad. Y ayudo trayendo presas. Liebres, armadillos, guajolotes, incluso alguna vez un águila. Muchas palomas. Petrona, mi madre, las guisa para mis hermanas mayores, Desideria, Manuela y mi querida Nicolasa. También para el pequeño Félix, que apenas puede masticar. Camino entre las rocas, sin sentido. Por Cuilapan, por Xoxo. Me detengo en Monte Albán, la vieja fortaleza de los zapotecas. O hasta Etla, o Ixtlán. Duermo en el suelo, bebo el agua de los arroyos y camino. Camino mucho, como si supiera que toda la vida seguiré andando, que conduciré ejércitos por esas tierras áridas, duras como mis manos callosas desde pequeño. Soy un colibrí. Soy el Señor Colibrí. Soy Huitzilopochtli, Señor de la Guerra. Soy también de hierro, como las armas que compraba en el Portal del Señor y arreglaba para cazar. Viejas escopetas y pistolas y hasta un cañón. Soy un fantasma de piedra y de hierro. Soy, ya lo dije, eterno. Todos han muerto. Todos. Cada uno de los que conocí y traté. Yo sigo aquí, desgraciado. No estoy hecho de carne, sino de metal o de granito, qué se yo. Porque soy invisible, soy un fantasma que llora. De noche lloro. Y entonces siempre pienso en mi madre huérfana, en cómo se vino de su tierra Magdalena Yadocono a la ciudad de Oaxaca y casó, casi niña, con mi padre. Mi padre que también fue un fantasma para mí. No lo recuerdo. Murió cuando yo tenía tres años. Murió José Faustino Díaz, ranchero, contrabandista, encargado de minas, campesino, oficial de nada, terco y lleno de temores, religioso el fantasma de mi padre. Soy el aprendiz de cura, el novicio que nunca tomó los votos, el estudiante soldado, el guerrero. Soy el renegado, el apóstata, el blasfemo, el jacobino, el mil veces maldito. El Liberal y el Pragmático, me decían como si supieran. Tuve la mano dura. La mano de pedernal. La mano de hierro. Sí, es cierto, hice polvo con esa mano a quien se interpuso en el camino. Orden y progreso no se logran fácilmente. No es tarea de pusilánimes. Todos están dispuestos a pedir. Limosneros, mendigos, ociosos. Pocos están dispuestos a luchar, a dar, a entregarse. Soy el insomne, el desvelado, el despierto. Soy la guerra que no termina. Soy el prófugo, el tránsfuga. Cuántas veces escalé los muros de cárceles y de iglesias. Me escapé en Puebla. Gané la Batalla de Puebla. Rescaté Oaxaca. Soy el que no pudo llegar a la presidencia, el que perdió con su primer levantamiento, el que se escondió en Veracruz y se puso a hacer muebles. Soy el que regresó cuando todos lo creían políticamente muerto. El que ganó una y otra vez las elecciones. El que tuvo que reelegirse una y otra vez para bien de su pueblo. Soy el viejo carpintero, el anciano que tuvo que irse del país, el inmemorial patriarca que murió lejos del suelo que quiso. Murió mi carne, porque yo sigo aquí, insepulto. Sin sosiego. Soy la calma. Soy el orden. Soy el único que ha podido entretener a la bestia ciega y feroz que se llama México. El único que pudo mantener la paz. Y sí, claro, costó sangre. La sangre de pocos por la tranquilidad de muchos. Soy el ferrocarril y el petróleo, soy la riqueza y la tranquilidad, soy el acero y la modernidad. ¡Nunca antes se habían construido tantos edificios y monumentos. Nunca tantos después! Soy Huitzilopochtli, el Señor Colibrí. Soy Dzahui, el Flechador del Sol, el Señor de la Lluvia. El señor de los mixtecos. Soy una piedra con forma de agua. Vivo en Ñuundecu, que otros llaman Achiutla. Pero estoy en todas partes. Soy el hijo de Ocho Venado-Garra de Jaguar. Soy la guerra. Soy la muerte. Soy el dolor. Soy el viento, el fuego, el agua, la tierra. Soy el sumo sacerdote, el yaha yahui, el águila-serpiente de fuego. Soy José de la Cruz Porfirio Díaz, el olvidado.

I

En el *Ypiranga*
31 de mayo a 20 de junio de 1911

Al fin abordamos. Han sido unos días de infierno desde que salimos, casi como bandidos, de la ciudad de México. Cuando estás en el poder te sobran amigos, abrazos, regalos, adulaciones. Cuando lo dejas, así sea como yo, apenas, te das cuenta de todos los enemigos que has hecho. En casi cuatro décadas he sido intocable, omnipresente. Hoy tengo que salir en un barco alemán por miedo a que uno de mis compatriotas me acuchille por la espalda como a un emperador romano. Hoy no sólo intuyo, *huelo* a mis enemigos. Los veo a los ojos y pienso: «Es él, tiene que ser él. Él te va a asesinar.» No tengo miedo. Nunca lo tuve. Tengo dolor. Un dolor en el pecho, que es una mezcla de rabia y de impotencia. El *Diario del Hogar* fue el primero en dar la noticia, falsa y anticipada, de mi renuncia. El encono no se hizo esperar. La gente, alebrestada, salió a las calles a buscar camorra. Lo mismo a mi casa en la calle de Cadena que a la casa de Limantour, en la plaza de la Reforma. Allí llegaban con toneles de petróleo para quemar la residencia. No fueron los sables de la caballería, fue la lluvia la que los terminó de dispersar muy entrada la noche.

El 25 de mayo entregué mi carta de renuncia al Congreso de la Unión. En realidad la envié. No salí en todo el santo día de mi habitación. No quería ver a nadie, no me interesaba contemplar los ojos de mis enemigos en mi propia casa, emisarios funestos de un destino que siempre quise postergar. Quería estar solo. Solo como no estuve nunca. Solo de verdad, como cuando caminaba por las veredas de Etla cazando liebres para comer. Solo, conmigo mismo. El único capaz de reprocharme algo soy yo mismo. Eso me lo he repetido desde entonces, es una manera de conservar la dignidad. Ese mismo día me vino a ver Henry Lane Wilson, el embajador norteamericano. Mandé decir que estaba indispuesto. ¡Qué difíciles vecinos los gringos!, no se puede con ellos. Nunca se sabe si son verdaderamente tus amigos. Sonríen sin saber si han comprendido lo que escuchan. Sólo sonríen, como lo haría un mono.

No me podía quedar en la ciudad de México. Corría peligro. Cada uno de los poros de mi cuerpo lo sabía. Desde que se firmaron los Tratados de Ciudad Juárez supe que mi destino era huir, salir del país. Quise yo mismo abanderar la revolución, como en otras ocasiones. Pero esta vez fallé. Nos fuimos de noche, para no ser vistos, sin decirle a nadie. El ejército acordonaba la calle para protegernos, ¿cuánto tiempo duraría su lealtad? Habrán sido seis o siete automóviles, no lo recuerdo, los que nos fueron a recoger para llevarnos a San Lázaro. Nos íbamos todos, les había dicho dos días antes. Ordené empacar. Carmelita se preocupó cuando contó los baúles enormes con mi archivo:

–¡Ocho baúles, Porfirio!, ¿para qué llevarnos tanta cosa?

–Me llevo mi memoria, antes de que la pisoteen.

Un Mercedes negro nos condujo a los dos atrás del convoy a la estación de ferrocarril. Allí me esperaban algunos militares. Toda la familia. A las cuatro de la mañana, a hurtadillas casi, como he dicho, el tren se puso en marcha rumbo a Veracruz. Sólo Amada y Nacho de la Torre se quedaron en México. Mi querida hija llorando en el andén. Me dio congoja. La vida tiene muchos reveses. Le grité que no llorara, que nos veríamos pronto.

En la escolta, adelante el coronel Joaquín Chicharro y atrás el general Victoriano Huerta. No pude dormir nada. Miré el amanecer cuando llegamos a las Cumbres de Maltrata. La peor ironía: unos bandoleros trataron de asaltar el tren. Hubo que detenerse y dispersarlos. En Veracruz nos recibió el encargado de obras del puerto, John P. Body, y nos llevó a la casona que nos proporcionó Cowdray. Una despedida inglesa y un barco alemán, el *Ypiranga*. Mejor así que no saber si mis coterráneos me abuchearían en la costa. Cinco días nos aguardaban en el calor de la ciudad, en la incertidumbre.

No tuve alternativa, recibí al gobernador Dehesa a la mañana siguiente. Se puso a mis órdenes. Le dije que yo ya no daba órdenes en el país. Me contestó, zalamero, que él estaría allí a mi disposición, para cumplir mis deseos. Mis únicos deseos eran que se fuera, pero no se lo dije. Tomamos el desayuno juntos. La incomodidad de la conversación cuando no tienes nada de que hablar, o cuando el otro teme herirte con cualquier comentario. Mejor: la incomodidad del silencio, repetido, entre dos que se cuidan de decir cualquier cosa.

Toda la tarde, mejor, con los míos. Viendo la bahía. El movimiento de los buques. Una infusión de hojas de naranjo tras otra, el remedio de Carmelita para mi coraje.

Para mi derrota.

Me había desmoronado pero a los ojos de los otros debía permanecer entero. Mucho antes había declarado que el político que no se levanta solo no es digno de respeto. El pueblo lo abandona. Pero yo no era entonces el político, era sólo un hombre que esperaba salir. Era una víctima de la espera.

Y la espera cansa, duele, angustia.

Carmelita insistía en que comiera algo. Imposible. Hacía seis meses que una insoportable postemilla me impedía saborear algo sólido. Me alimentaba con líquidos. El doctor Ojeda me recomendaba frotamientos con bálsamo de la India. Todas las tardes venía a verme a la casa de Cowdray.

Pero el dolor no desaparecía. Era un dolor interno, como si todos mis huesos fueran a caerse, deshechos, convertidos en polvo.

Al menos aprendí que en México no todos me odian. Algunos, como en Veracruz, me siguen venerando. Recibí un día tras otro a grupos, amigos, periodistas que me daban su apoyo. Una muchacha lloró, parecía que fuese mi hija, me pidió perdón, como si ella tuviese la culpa.

En un libro con pastas de cuero que le regalaron a Carmelita ponían su firma todos antes de irse, como si hubiesen ido a ver a un monumento. Pero las estatuas no huyen, son de bronce.

Por fin, hoy, 31 de mayo, es el día de mi partida.

Soy el hombre, a bordo, que mira cómo hace apenas unas horas, otro hombre, el general Porfirio Díaz, sale de una casa prestada flanqueado por un batallón de zapadores. Soy el hombre que en su camarote contempla cómo otro hombre, el viejo patriarca, se detiene en la escalera de esa casa, encima apenas de los sables de los zapadores que presentan armas. Soy aquel que ha dejado de ser. Soy el que mira al aguerrido don Porfirio, como se acostumbró a que le llamaran, abrazar al general Victoriano Huerta, con un fuerte apretón. Treinta años lo unían a él. Soy el que escucha cómo le dice a Huerta:

–Ya verá. Tendrán que convencerse de que la única manera de gobernar a este país es como yo lo hice. La dura experiencia se los enseñará.

Soy otro. Soy el derrumbado que mira con los ojos cerrados, ya en el barco, las fotografías en su recuerdo reciente, del grupo que sale de esa casa rumbo al muelle con un sombrero de jipijapa. Soy el que contempla de lejos el vapor de la Hamburg-Amerika Linie con la bandera de popa en la que se miran las insignias de los Hohenzollern. Enorme. Negro. Más de cien metros de eslora.

Soy el que aún no ha zarpado y ya puede ver en la distancia a otro hombre, a Porfirio Díaz, que se detiene en el puente del barco rodeado por hombres y mujeres que se harán pronto a la mar. Juana y Nicanora, el ama de llaves y la cocinera, lo acompañan también. Soy aquel que escucha las palabras de despedida del otro, ante la muchedumbre que lo vitorea en el puerto. La última vez que lo vitorean, al otro, al que se ha quedado para siempre:

—Guardo este recuerdo en lo más íntimo de mi corazón. No se apartará de mí mientras viva.

Son ésas las palabras. Se entona el Himno Nacional. Hay pañuelos y flores y se escuchan las salvas de cañón. Veintiún cañonazos sellan la partida.

Esta madrugada el *Ypiranga* salió de la bahía y se hizo a la mar. Es el inicio del destierro. Curiosa palabra para alguien que navega. Me he quedado sin tierra.

Yo sigo viendo, con los ojos cerrados, sin poder dormir, a ese otro que se ha quedado. Encima de la muchedumbre. Veo sus ojos húmedos que escuchan los gritos de la multitud que lo despide. Oigo cómo traga saliva para que no se le corte la voz antes de hablar. Lo veo cómo mira a las figuras empequeñecidas de los que se quedan en el muelle. Mujeres emperifolladas, hombres con levita a pesar del calor. Niños que no saben a qué han ido. Sombreros, pañuelos, abanicos que se agitan. La música como un rezo de iglesia. Se ha quedado detenido para siempre, como una fotografía. Lo veo ahora, tan pocas horas después, en blanco y negro.

Es el pasado, lo sé. Esto que viene ahora se llama presente. El futuro, el único que me aguarda es la muerte. Y yo no sé cómo vivir ya.

Han pasado seis días desde que salimos de Veracruz. El mar por delante, sólo agua detrás, a nuestros lados. El *Ypiranga* como una enorme ballena solitaria. Me ha dado por recordar. Quizá la única posesión de un viejo sea su memoria, hecha de retazos, a veces deshilvanados, de su historia. Ahora, por ejemplo, me vienen a la mente las largas caminatas con Justo Chávez para cazar chichicuilotes, en la laguna de Santa Marta Acatitla. Aunque en México nunca los supieron cocinar bien. Muchos años antes, en Oaxaca, Petrona, mi madre, los hacía en jitomate. Freía los chichicuilotes con manteca y luego los echaba en un caldillo rojo y espeso, lleno de sabor. Siempre termino pensando en la infancia. Me saca de mis recuerdos la lentitud del barco: estamos fondeando en La Habana. Pensar que en 1875 pasamos por aquí mi compadre Manuel González y yo para ir a Estados Unidos, donde fraguamos la rebelión de Tuxtepec, en contra de Lerdo de Tejada. El plan que nos llevaría a la silla presidencial, tan anhelada. Y hoy, apenas a unos días, tan lejana. Ahora me acompaña Fernando, el hijo de mi compadre, que tan enamorado estuvo de Amada. Al corazón no se lo manda, qué duda cabe. Los remolcadores han llegado para llevarnos al puerto. ¡Qué hermosa es La Habana! Miro desde aquí el Castillo del Morro y los otros fuertes que la guardan y me acuerdo de un hermoso óleo de José María Velasco. Tocan en el camarote, interrumpen mis pensamientos. Es Carmelita. Han venido a saludarme de parte del presidente de Cuba. Me tendré que arreglar, le digo. Interrumpo un rato mis pensamientos. Tendré que salir a cubierta.

Otra vez solo, consternado. Me han invitado, de parte del general José Miguel Gómez, presidente de Cuba, a la boda de su hija en la catedral de La Habana. Habremos de ir, qué remedio. Pero lo que más me molesta son los reporteros. Subieron al barco, no sé con el permiso de quién y tomaron fotos y me persiguieron con sus preguntas sobre México. Los atajé:

–En mi condición actual es mejor que no opine, ustedes comprenderán. Yo sólo puedo decir lo que pienso sobre el pasado, que ya quedó atrás. Es mejor estudiar el porvenir para tener una opinión certera. Ahora, si me disculpan.

No respondí más.

Las bodas son siempre la misma boda. He visto tantas. Yo mismo he tenido dos, sin contar mis otras mujeres, como mi descalza india juchiteca, la otra Petrona. Me asalta su belleza, su fuerza. Siempre la recuerdo. Carmelita representó –ya casi tres décadas casados, por cierto– la reconciliación con la Iglesia, la aceptación de los ricos. El cómodo cariño del hogar. La tranquilidad. Petrona era la aventura. Delfina. Delfina requeriría un tiempo especial para entenderla. Todas mis mujeres han sido distintas. Y sin embargo todas las bodas son iguales, ya lo dije: la misma boda. Dicen que todas las novias son bonitas. La hija del general Gómez también. El calor de la catedral, sin embargo, era insoportable. Me mareaba. Me sentí muy mal y regresé al barco, a mi camarote, contiguo al de Carmelita. Caí pesado en un sueño terrible. Era de día, con mucho sol, en mi sueño. Estaba en Oaxaca. Era un niño, pero hablaba como el viejo que soy. Me escucho ahora, recordando el sueño y lo entiendo imposible. Pero ese niño que era yo, hablaba como viejo. Había ido al mercado a comprar unos rifles viejos y los estaba limpiando y aceitando. Les iba a tener que fabricar unas nuevas culatas de madera, así que les quité las viejas, rotas y desgastadas. Entonces apareció un animal enorme frente a mí. Un gato montés o un puma, qué se yo: los animales raros que se aparecen en los sueños. Era amarillo, me miraba con rabia, pero con cautela, como sólo miran los que están dispuestos a asesinar. Yo no tenía un arma lista para usar; tenía sólo el rifle inservible todavía. Le apunté con el arma. En medio de los ojos aguerridos pondría mi tiro inexistente. Sudaba. El animal se quedó quieto. Entonces le hablé. Le dije que se fuera, que no quería hacerle daño, muchas más cosas. Una larga perorata. Y el animal se abalanzó sobre mí. En un salto veloz estaba encima de mi cuerpo tirado en la tierra. Me arañaba, me hacía daño. Dolía. Como si todo fuese más lento, veía mi sangre, la sangre de las heridas del ataque. Olía mi sangre. El animal gruñía, aún encima. Grité. Tuve que haber gritado tan fuerte que me desperté. Era aún de madrugada. Tardé mucho en saber que había salido de un sueño. Sentía miedo, temblaba como si aún fuese el pequeño herido y no el viejo general al que llevan al exilio en un barco extranjero.

Faltan todavía dos semanas de viaje para llegar a Europa. Estoy cansado de pensar, estoy harto de recordar.

Ayer el capitán del *Ypiranga* nos dio una suculenta cena de despedida. Hoy es 16 de junio. Hemos llegado a Vigo. He dejado de tener tanto dolor de postemilla. Pude saborear volovanes, queso de cabra, compota de manzana. Me sentí mejor por la mañana para recibir, de nueva cuenta, a los reporteros que deseaban mis primeras declaraciones. Me preguntaron sobre mi salida de México, eran sabuesos que querían morder:

–No es cierto que las circunstancias fueran para mí excesivamente apremiantes –les respondí–, yo podía continuar peleando con la esperanza de vencer, pero la lucha hubiese durado uno, quizá dos años, ensangrentando al país.

No sé si los complació la respuesta, pero callaron. Dejaremos las costas de España en dos días para salir rumbo a El Havre. Sentirme tan cerca de la tierra, de nuevo, me tranquiliza. Es como un bálsamo a mi edad. Es como el anuncio de lo que viene, que será todo menos veloz. Sereno. Eso espero.

Al llegar a Francia nos recibieron con honores. La comitiva era numerosa, con franceses y mexicanos. Me dio gusto saludar a Federico Gamboa, a Sebastián Mier, a tantos otros. Pero lo que quería era tomar cuanto antes el ferrocarril para llegar a Saint-Lazare, a París. Dormité en el tren, escuchando de lejos la conversación, sin querer participar del todo. Éramos tantos que los otros podían hacerse cargo. Pensé, de nuevo, en los caprichos de la memoria. Me recordé caminado por las veredas de Oaxaca, cerca de Monte Albán. Un día en particular vino a mi mente. Un día que no fue como los otros. Iba solo, de caza. El sol caía a plomo, yo tenía mucha sed y sabía que el próximo arroyo estaba muy lejos aún, así que intenté encontrar una planta, una fruta, una tuna, algo que saborear. Me metí hacia el monte, no sé cuánto tiempo, por cuántos kilómetros. Era como si me guiase una fuerza desconocida, que hacía olvidarme de quién era o dónde estaba. Aun más, que me hacía desconocer todo propósito que no fuera caminar. Caminar. Sin ton ni son. Olvidé incluso mi sed. Me adentré por la montaña. No sé cuánto tiempo después me detuve exhausto y miré a mi alrededor. Entonces supe que estaba perdido, que nunca había estado por allí. No reconocía el lugar, ni sabía ya por dónde había venido. Al principio me dio miedo, pero luego me senté en la hierba, a la sombra de un árbol pequeño y me sosegué.

Fue la primera vez que escuché el silencio. La primera vez que sentí su fuerza, su peso enorme. El calor hacía que nada se moviera. Ni un insecto. Ni el viento siquiera. El silencio puede ser aterrador. Es como si todo estuviese muerto, detenido para siempre, inmóvil.

Un ave interrumpió el encanto. Bajaba a toda velocidad del monte. Las aves del monte viven del valle.

Me di cuenta, en el tren, de por qué recordaba ese día: nunca volví a estar solo, nunca volví a sentir el peso del silencio, nunca dejé de moverme. Hasta hace unas noches en mi camarote. Ahora lo entiendo: fue la misma sensación de pesada muerte, de cansancio eterno. Nada parecía moverse, aunque era una ilusión mía, pues el barco avanzaba y fuera de mis aposentos debía de haber una frenético ir y venir para mover ese monstruo de acero. Nada de eso importaba. Sólo la sensación de ya no estar aquí, de verlo todo desde afuera, como aquella mañana de hace casi ochenta años que hoy me aparece nítida, como si hubiese ocurrido ayer.

Gamboa me interrumpe, me pregunta cómo me siento, me dice que me ve muy bien, no me da casi tiempo a responderle. Sigue un discurso melifluo sobre el gusto que le da tenerme en Europa, volver a verme.

–No hace tanto tiempo, licenciado.

–Pero han pasado tantas cosas mientras tanto.

–Siempre pasan muchas cosas, no se deje impresionar.

–Bueno, me refiero…

–Sé a qué se refiere, Gamboa, no se preocupe. Lo que hoy nos parece relevante deja de serlo con el tiempo. No hagamos aspavientos. Ahora estoy aquí. Lo único que espero es que puedan controlar la tormenta que han desatado, licenciado.

–Así lo espero yo también, general.

Podríamos haber seguido así por horas. Podría haberle dicho lo que en realidad estaba pensando: *la política es otro nombre para la deslealtad*, pero no quise entrar en un largo debate lleno de zalamería. «Usted, general, que tanto le ha dado a la Patria», yo qué sé cuántas otras boberías que dicen aquellos que no se atreven a expresar lo que piensan.

Yo, que personifico el tiempo, ya no estoy para perderlo en conversaciones insulsas. Cerré los ojos, volví a lo mío. El sonido del tren sobre las vías, su velocidad, se convirtió en una melodía tranquilizante.

Hace tiempo escribí unas *Memorias*, ayudado por Matías Romero o a sus instancias. Más bien las dicté. Nunca fui muy bueno escribiendo, Carmelita siempre se burlaba de mi ortografía. Curiosa palabra esa, *memorias*… en plural. Pomposa manera de llamar a los recuerdos públicos. Tardé mucho en dictarlas, en pensarlas, en pulirlas. Edité unos cuantos ejemplares del primer tomo y los hice circular entre los amigos para recabar su opinión, preguntándoles si debía proseguir en su escritura o no, si debía publicarlas o era temerario por el lugar que ocupaba. Todos las ponderaron, pero todos, también, me instaron a no divulgarlas por el bien de la República. Luego escribí un segundo tomo de correcciones a mis memorias, más curioso aún, como si pudiese enmendarse el recuerdo. Era necesario, había que rectificar errores, precisar cosas. La mente juega malas pasadas. Ahora he traído todo mi pasado en ocho baúles. Todo. Cupo allí. Ocho décadas y casi cuatro –casi la mitad de mi vida– llevando las riendas del país y allí, en ese espacio, se guarda mi vida.

Pero mis recuerdos no son mis *Memorias,* son míos solamente. Me los he de llevar a la tumba para que me hagan compañía junto con los gusanos. Lo que verdaderamente hice o pensé o dejé de hacer es mío. Como son míos mis huesos, mi saliva y mi rabia.

No soy el viejo general que huye, ahora lo sé bien, yo soy el sobreviviente de mí mismo.

Es de piedra mi paciencia.

II

En París, Hotel Astoria
Verano y otoño de 1911

Al fin en París, esta ciudad soñada, en condiciones en las que nunca hubiese querido estar. Todo el verano, desde que llegamos de México, ha sido un ir y venir sin sosiego. Al llegar por primera vez a París, desde El Havre, me hospedé en la casa de Eustaquio Escandón, en la avenida Victor Hugo. Allí estuvimos dos semanas, departiendo como si no hubiese ocurrido nada, como si yo siguiera siendo el presidente. Las encías seguían doliendo, pero cada vez era más soportable. Luego viajamos a Suiza, Carmelita y yo, a Interlaken. Y después, porque así lo recomendaron los doctores y casi casi lo prescribió ella misma, fuimos a Nauheim, al balneario. A *convalecer*, me dijo. Odio esa palabra, me parece que me acerca a la muerte. Uso bastón no para apoyarme sino para estar más erguido. Me sobra dignidad para vivir estos últimos días. No quiero la lástima de nadie.

No soy un enfermo.

Regresamos a Francia y fui de inmediato a la armería. A la fábrica de Saint-Chaumond. Me habían suministrado diez mil fusiles de sistema reforzado al final de mis días en México, para combatir a los alzados, quienes se llamaban a sí mismos *la bola*. Y eso son: una bola, una masa informe que no tiene idea de por qué pelea. La bandera que enarbolan es la No Reelección. Curioso, la misma que yo icé en La Noria. Después de muchos años entendí a Juárez, quien siempre me dispensó –menos al final, claro– tanta amistad y respeto: una vez que se tienen las riendas, o que se cree que se las tiene, es difícil pasar la carreta a otro: uno tiene la impresión de que se va a despeñar por el cerro.

México se ha despeñado en un abismo, según me llegan las noticias. Ha regresado la barbarie. En el siglo recién terminado de nuestra Independencia –salvo mis mejores años en el poder– nunca supimos vivir en paz. Una y otra vez vinieron las revueltas. Una y otra vez los bandos, las facciones. La lucha fratricida. Todos lo querían todo, no estaban dispuestos a compartir nada. Primero fue una lucha de ideas. Pero luego llegó Santa Anna y lo echó todo a perder. Lo aguantamos ¡nueve veces! Haciendo como que gobernaba. Se iba para no volver, regresaba a dizque mandar y luego huía a su hacienda, temeroso, harto del poder. Intentó convertirse en Alteza Serenísima y luego también reculó, el muy cobarde. Pero ya nos había partido en dos el territorio.

Y tuvimos a los gringos y a los franceses, y a Maximiliano y su *Mamá Carlota,* y sus jardines Borda y sus fiestas interminables. Juárez intentó poner orden, pero le ganó la soberbia. Así que de los cien años sólo fueron útiles treinta. Tres décadas de prosperidad.

Cuando llegué a la maldita silla presidencial había apenas seiscientos noventa y un kilómetros de vías de ferrocarril. Al irme, o al huir, es lo mismo, dejé veinticuatro mil setecientos diecisiete kilómetros. Treinta y tres mil trabajadores textiles en ciento cuarenta y seis fábricas que harían palidecer a Lorenzo de Zavala, que tanto nos comparaba con Estados Unidos. ¡Traje la prosperidad, el orden, el progreso!

Todo eso se ha olvidado fácilmente, como si hubiese sido sencillo, como si pudiese haberse hecho sin mano firme. Me duele recordar, pero no olvido.

Nadie, casi nadie, me visita. A mí, en cambio, sí me olvidarán pronto.

El 20 de julio fui a ver a Napoleón a Los Inválidos. Me acompañaron algunos amigos cercanos, como el querido Guillermo Landa y Escandón. Era un momento muy especial para mí, ¡siempre había anhelado estar con ese hombre que tanto me había inspirado!

En la sala de los Mariscales me recibió, solemne, el general Gustave Niox, gobernador de Los Inválidos. ¡Nueve lustros hacía ya que nos habíamos visto cuando Niox llegó a México como capitán de los blasones de Maximiliano. Hablamos, era natural, de la Intervención.

–Debo hacer, general Díaz, un homenaje a tantos franceses que defendieron con honor su Patria. Y no puedo hacer menos a los miles de mexicanos que defendieron la suya. Es la naturaleza de las guerras, pero la enemistad no puede ser eterna.

Lo acompañaban otros viejos soldados. Viejos como yo, pero no maltrechos. Entre ellos Charles Lanes, quien estuvo en el sitio de Oaxaca como subteniente con los zuavos de Bazaine.

–Yo también tengo palabras de reconocimiento para los suyos, general Noix. Me acuerdo mucho de la bravura de Henri Testard. Yo mismo, recordará, lo hice sepultar con honores en la cañada de los Nogales cuando cayó como héroe en Miahuatlán.

–Es cierto. ¡Cómo olvidar a Testard!

–O a su perro –bromeó Díaz–; no nos dejaba acercar a su cadáver. No podíamos apartarlo para recoger su espada, que enviamos a su familia por conducto de Bazaine.

Los discursos no fueron protocolarios. Se me recibió con alegría, con la pompa de los militares pero también con sincero respeto. Días después, el diario *Le Nouveau Monde* recogió la crónica de mi visita.

Terminaron las palabras y pude entrar a la capilla. Un custodio de la cripta me entregó las llaves; era un inválido condecorado, muy amable. Debía yo abrir con mi propia mano, ése era el honor que me estaba reservado, la puerta de bronce de la tumba.

Me embargaba una gran emoción. Recuerdo el olor del lugar, la consistencia del mármol que, por vez primera, no me pareció frío, como si el cuerpo de Bonaparte le insuflara calor. El lugar era hermoso.

Niox se me acercó y en español me tendió un sable. Era la espada que Napoleón usó en Austerlitz.

–Mi general –me dijo–, en nombre del ejército francés os ruego que toméis esta espada.

Me quedé petrificado, sin saber qué hacer. Helado.

–Insisto, no podría estar en mejores manos.

Quise llorar de emoción, pero me contuve. Era un reconocimiento no al héroe caído en el poder sino al soldado que salió triunfante décadas antes de la lucha. Era el ejército el que me condecoraba así, me honraba.

Con la espada de Napoléon entre mis manos caminé por su tumba y pensé que el destino, a ambos, al final nos había jugado una mala pasada.

Mi mejor homenaje fue el silencio. Cualquier cosa dicha hubiese alterado lo que sentía.

En 1867 Bazaine se despidió de los mexicanos y las calles aparecieron tapizadas con letreros que ahora pienso honestos. «Dentro de pocos días, las tropas francesas saldrán de México. Durante los cuatro años que han permanecido en vuestra hermosa capital, no han tenido sino motivos de felicitación por las relaciones simpáticas que se han establecido entre ellas y este vecindario. Es pues en nombre del ejército francés, de su mando, como también bajo la impresión de sus sentimientos personales, que el mariscal de Francia, comandante en jefe, se despide de vosotros.

»Os dirijo, nuestros comunes deseos para la felicidad de la caballerosa Nación mexicana. Todos nuestros esfuerzos han aspirado a establecer la paz interior. Estéis seguros, y os lo declaro en el momento de dejaros, que nuestra misión nunca ha tenido más objeto, y que jamás ha entrado en las intenciones de Francia, el imponeros una forma cualquiera de gobierno contraria a vuestros sentimientos.»

Había estado a las órdenes del otro Napoleón, el tercero. Bazaine repetía antes que la empresa mexicana era la aventura más importante de su monarca. Nosotros los derrotamos, inventamos al país.

Lo hicimos nacer de la nada.

Ahora vivimos en un hotel hermoso, el Astoria. Nuestras habitaciones son amplias. Estamos hospedados en la 102. Está a una cuadra de Champs-Élysées. Miro desde mi ventana la Place de l'Étoile. Acompaña a Juana y a Nicanora un nuevo empleado, un camarero que nos sirve la comida, Antonio Viveros, es español. Hace frío, afuera llueve.

El hotel me cuesta cuatro mil quinientos francos al mes. Por ahora está bien, pero me gustaría volver a tener una casa. Ya nos acostumbraremos. Dice Carmelita que estamos más seguros y mejor atendidos, quizá tenga razón.

Recibo muchas cartas de México. Las hay de todo tipo.

La mayoría son de desconocidos que me manifiestan apoyo, lealtad, solidaridad. Me desean que regrese algún día a mi *querida Patria*. No lo sé. Lo deseo pero sé que será difícil. No es tiempo de pensar en México. Me he repuesto de salud, pero me hace daño leer la correspondencia, me inquieta, me angustia.

Sin embargo, contesto todas las cartas.

Mi forma de gobernar, esa que ahora tanto critican, estuvo siempre basada en la palabra. En la conversación. Me buscaban. Venían a verme de todo México, esperaban que los recibiera, que les solucionara sus problemas. Y yo recibía a todos, hablaba con todos. Goberné siempre por el bien de la República, sin querer hacerle daño a nadie.

Por eso no puedo entender a los ingratos.

Hoy me ha dado, de nuevo, por recordar. Era yo muy joven cuando ingresé al Seminario Conciliar. Mi madre se aferró; quería que fuera cura, me decía que había sido el deseo más íntimo de mi difunto padre. Y yo le hice caso, sin saber que no era mi vocación, soportando incluso el maltrato que a un pobre que no tiene dinero ni para la capa ni para el texto de la doctrina, le propinan los compañeros que están ahí, se supone, para aprender humildad. Corría el año de 1843, ¡cuánto tiempo ya! Yo iba a cumplir los sueños de mi familia y al principio estaba muy contento.

Mi madre había hablado con José María Domínguez, quien estaba dispuesto a ayudarme en la empresa. Domínguez era mi tío, un prominente sacerdote, además. Y no deseaba otra cosa que consagrarme a la Iglesia, así que accedió a ayudarme, a pagarme incluso los estudios y los libros. Era un ofrecimiento muy generoso, insistía mi madre, que nos obligaba a aprovecharlo, decía. En realidad era a mí a quien obligaba, al parecer para siempre, con mi *primo* párroco. Sin embargo era muy joven para entenderlo en toda su cabalidad. Al inicio, más bien, me pareció como si una mano divina se acercara para resolvernos a mi madre y a mí el futuro, un futuro que era del todo incierto.

Le decíamos primo, y lo era, pero en realidad se comportaba como un amigo de la familia desde los tiempos de Magdalena Yodocono, con mis abuelos los Mori. Había estado en mi bautismo y siempre había ayudado a mi madre en tiempos difíciles. Los únicos tiempos que ella vivió, como si hubiese estado destinada al dolor. ¡Pobre Petrona, yo también la hice sufrir! Entré, pues, al Seminario Conciliar con la firme intención de hacerme sacerdote.

Fui un mal estudiante de latín, vestido siempre con pantalones azules de tela cruda y barata, el sombrero de lana hecho en casa. Dos años después me mandaron con un primo, Ramón Pardo, quien era vicario en el pueblo de San Pedro. Les preocupaba que yo, con mis malas notas, nunca pudiera entrar a los cursos más serios de filosofía y seguir así mi carrera eclesiástica. Me hice allí amigo de Justo Benítez, un huérfano que vivía con mi primo, quien fungía como su padre adoptivo (se rumoreaba que Pardo era en realidad su padre, váyase a saber). Nos hicimos inseparables ahí y en el Seminario.

Eran años de tremenda incertidumbre política. Santa Anna iba y huía del poder a su hacienda, Manga de Clavo. De la hacienda al exilio. De allí, una y otra vez de regreso. En 1847 perdimos Texas para siempre y al año siguiente mi Oaxaca reasumió su soberanía estatal con un triunvirato de gobernadores, entre ellos Benito Juárez, con quien, sin saberlo yo entonces, estaría siempre ligado.

Eran días difíciles. De nuevo había guerra. Eran días de decisiones, aunque un joven como yo no pudiera entenderlo del todo, siendo yo mismo un manojo de indecisión y nervios.

Tomamos las armas. Yo me incorporé al Batallón Trujano de la Guardia Nacional. Entrenaba en mis horas libres. Montaba guardia, patrullaba. Sin embargo, en el Seminario, los sacerdotes repartieron extrañas circulares en las que nos pedían apoyar al invasor. Era absurdo que nos pidieran eso. Fue mi primera toma de conciencia del terrible papel de la Iglesia en nuestro país, en esa pobre Patria de la que todos querían comerse un bocado.

Las noticias que llegaban a Oaxaca eran alarmantes. La causa mexicana se encontraba perdida.

El 13 de septiembre, los jóvenes cadetes de Chapultepec tuvieron que rendirse, y antes de hacerlo se arrojaron heroicamente al vacío.

Me entró una rabia terrible. Yo podría haber sido uno de ellos, pensaba.

En 1848 se firmó la paz. Irónico. Fue el año de los levantamientos. El reaccionario general Paredes, desertor de la guerra, se rebeló en Aguascalientes. Leonardo Márquez se proclamó nuevamente santanista. En todas partes se levantaron en armas: Veracruz, la Mixteca, Zacatecas, San Luis Potosí, Yucatán.

Todos contra todos: generales contra políticos, políticos contra curas, indios contra blancos. Domínguez, incluso, proclamó la República de la Sierra Madre.

En Oaxaca se logró derrocar la administración clerical. Y yo conocí a Juárez. El mal estudiante de latín era ahora maestro. Me encargaron al hijo del magistrado Marcos Pérez. En su casa supe todo lo que debía saber acerca de la causa liberal. En esa casa, verdaderamente, me formé.

Marcos Pérez, igual que Juárez, no aprendió el español hasta la secundaria. Zapotecos curtidos en la brega, no podían dejar que el país se fuera a pique. Me enseñaron a luchar. Tuve la buena suerte de tratar a ese hombre, más austero aún que Juárez, de manera íntima; conocer su carácter, aprenderle de todo. Me trataba como a un hijo. Puedo decir, sin dudarlo, que fue mi maestro y mi padre.

La amistad de Marcos Pérez y los discursos de Juárez, me hicieron cambiar el rumbo de mis estudios eclesiásticos a jurisprudenciales. Por ellos me hice hombre y me separé del yugo de mi madre y del cura Domínguez, quien montó en cólera cuando abandoné la carrera del sacerdocio. «Con todo lo que he invertido en ti –me dijo–, eres un ingrato, un malagradecido. Te quedarás solo. Lo siento por tu madre. ¡No me veas nunca ni me dirijas la palabra!»

Muchos años después seguí padeciendo su rencor.

Nada me importó. Contaba yo ya diecinueve años y acababa de conocer a Benito Juárez. Tenía algo por qué luchar. Tenía a mi país, ese proyecto trunco que se volvió mi más grande amor. Mi madre, más sabia, reaccionó con tristeza, pero apoyándome. No dijo que mis compañeros eran herejes ni libertinos, como Domínguez. Fue a la cocina y de una lata vieja sacó un fajo de billetes:

–Éste es el último regalo de tu padre para tu educación. Lo he estado guardando y ahora que te has quedado sin beca lo vas a necesitar más que nunca.

En el Instituto conocí de cerca la historia de los verdaderos héroes de México. El que más me impresionó –y aún ahora me estremece– fue Morelos. Su ejemplo fue mi estandarte.

Mientras tanto, Santa Anna regresaba por enésima ocasión, ahora para declararse dictador perpetuo con el título de Su Alteza Serenísima (qué distinto del *Siervo de la Nación*, Morelos). Era diciembre de 1853.

¡Cómo podía yo saber que empezaba una nueva guerra, y mucha más inestabilidad!

¿Y si muero en París? Hasta ahora no había pensado en esta posibilidad, que me aterra.

Me perturba.

¿Y si nunca vuelvo a México, ni siquiera como cadáver?

III

—

En La Turbie, sur de Francia, y en Madrid, Hotel Ritz
10 de enero al 2 de abril de 1912

Ahora estoy descansando en el sur de Francia. Descansando de qué, me pregunto, si ahora no hago nada. Me dejo llevar por los otros, especialmente por Carmelita. Hay noticias de México, que se me figura de pronto muy lejano y extraño. No es el país que prometí dejar cuando me sucedieran. Ni el que juré, en la Revolución de La Noria, que nunca más volvería a la guerra fratricida. No es, tampoco, la nación que Madero, ingenuamente, promete salvar para la democracia.

Intento no abrumarme con lo que pude haber hecho o lo que debí sacrificar para salvar de las plagas y la miseria humana al pobre México. Carmelita me saca de mi ensimismamiento. Me recuerda que debo escribirle a mi querido Enrique Fernández por su boda con María. Sonrío al imaginarlo feliz, como niño, con su nueva vida en España. Lejos de las traiciones y las sensibles armas con las que en México se están matando en la búsqueda de una imposible igualdad. Ellos usan la igualdad cual si fuera sinónimo de la democracia. En pos de ella saquean, paralizan, asesinan y sentencian al país.

Comienzo.

Muy querido amigo:

Celebro que ustedes tengan recuerdos gratos de aquella suntuosa fiesta del Centenario de México, libre en aquellos días. Hoy mismo, 28 de febrero de 1912, México dista de aquellos aires en donde ustedes se enamoraron. Parece que las plagas afligen a tu país. Tus compatriotas están en franca agonía. Y yo me lamento no haber hecho más por detener el apocalipsis que lo cerca. Ahora siento no haber reprimido la revolución. Tenía yo armas y dinero, pero ese dinero y esas armas eran del pueblo, y yo no quise pasar a la historia empleando el dinero y las armas del pueblo para contrariar su voluntad, con tanta más razón cuanto podía atribuirse a egoísmo. Digo que siento no haberlo hecho porque a la felicidad nacional debí sacrificar mi aspecto histórico. Te confieso, hijo, que intento atrapar el instante preciso en que elegí preservarme antes que volver a jalar las riendas de un país tan joven para ejercer el poder. Espero, pues, muy querido mío, que tus hijos felizmente puedan regresar un día al pueblo en el que tu padre, Justino Fernández, con tan avanzado pensamiento, ejerció la Justicia. Sé de las noticias y ruego que tu familia, en México, se salve de la ignominia. Consérvese usted bueno, junto a su mujer y disponga como siempre del afecto de su amigo que lo aprecia y recuerda bien.

Porfirio Díaz

Carmelita trata de convencerme de que el azul de este mar de las costas de Francia ha de tranquilizar mi estado de ánimo.

–Deje de darle tantas vueltas al mismo asunto, Porfirio. Piense en que aquí estamos en paz –me dice mientras trata de desenredar su largo cabello.

Carmen sigue hablando sobre dejar lo que ya no puede ser. Olvidar a México, en donde mi palabra ya no sirve de nada para parar la guerra. Le hago caso y me pierdo en el balcón del cuarto del Eden de Cap d'Ail, sin sentir nada.

Sé que uno puede seleccionar lo que quiere recordar. Por lo menos eso es lo que me repite Carmelita. Tiene razón a medias. Yo recuerdo con más ahínco las batallas antes de tomar la silla presidencial que los últimos cinco años. Es más vívida la imagen de los compañeros, y de mis tropas de guerra que la de los miembros de mis gabinetes. Me pierdo recordando sus caras y dejo de escuchar lo que Carmelita recomienda. A veces ya no la escucho; hago como que la oigo pero, además, estoy perdiendo el oído. No me quejo. No quiero que llame a Leopoldo Escobar, mi buen médico de cabecera. Lo he de tener harto y harto me tiene a mí. Cuando viene me recuerda lo viejo que es este cuerpo que no concuerda con mi mente y la imagen que de mí guardo: aquel general, presidente, don Porfirio Díaz. Por lo menos ya tengo controlada la infección bucal. Quién lo imaginaría: mudo y sordo. Mudo para no opinar sobre el desconsuelo que me causa el exilio y la ingratitud, la blasfemia y el horror que hoy vive México. Sordo para no escuchar las peroratas de Carmelita, que quiere evadir los temas que me importan y para no escuchar las tragedias que se cuentan hoy del país. Dicen que el cuerpo reacciona a lo que la mente le manda. Lo sé, lo constaté varias veces en el campo de batalla, cuando me daban por hundido y muerto; y cuántas veces me he levantado del lecho porque el país no podía esperar para tomar resoluciones rápidas, enérgicas y firmes de su presidente. Carmelita se empeña en ser feliz o fingir serlo fuera de México. Me insta a que recuerde sólo los días de gloria, de triunfo, de aspiraciones y proyectos.

–Imagine –me dice– a ese país que logró poner en paz y en franco progreso. Acuérdese sólo de sus años de lucha, de guerra. Logró que dejáramos de ser nómadas, nos dio la oportunidad de establecernos, de crecer.

Qué más puede decir Carmelita que cosas buenas. Si a ella le tocó lo mejor de mi vida: las fiestas, ser primera dama, cuidar a mis hijos. Vivir en la capital y vacacionar en otras casas. Jugar con mis nietos en el Castillo de Chapultepec, en verano. Montar a caballo en compañía de sus hermanas, en la hacienda. A Carmelita sólo le tocó ver que el país progresaba sin fin. Le tocó decorar su casa de la Cadena con muebles traídos de Francia. Ella vivió la lealtad y los laureles de los intelectuales, de los generales y de los gobernadores. La parte más difícil, diría ella, fue enseñarme modales, inglés y francés.

–Es usted más terco que las mulas, por Dios, Porfirio –me regañaba cuando yo intentaba pronunciar rudamente el francés.

Carmelita, que viene de una familia acomodada, no tuvo que desgastarse las manos, jamás. Nació para ser primera dama. Disfrutó de la calma y la paz conseguidas poco después de casarnos: ella con diecisiete años, yo con cincuenta. Un año había pasado tras la muerte de mi desdichada Delfina, quien enferma de tanto hijo muerto, decidió también morir. Dejó a

Porfirito, o *Firio*, como le decimos en privado, y a Luz Victoria, acompañados de Amada. Mis tres hijos que me habrían de dar la felicidad completa con tantos nietos.

Así pues, le hago caso a Carmelita porque hoy me siento cansado de discutir. Los pleitos ya sólo son internos: conmigo mismo. Busco la manera de seguir, y no, pendiente de México. Decido no leer encabezado alguno. Carmelita, entonces, me esconde los periódicos. Pero las malas noticias llegan solas, se filtran, me llaman, me abordan en la calle cuando llega algún impertinente periodista.

Intento escribir mis deberes para sentir que aún tengo cosas que hacer. Tengo el deber de no abandonar del todo a México, me repito. Si el país llegara a necesitarme, yo regresaría en el acto, me digo sinceramente.

Me llega el recuerdo del señor Juárez condecorando mi férrea lucha en el Colegio Militar. La impresión que años antes me había causado conocerlo, no se olvida fácilmente. Don Marcos Pérez fue quien me presentó al entonces gobernador de Oaxaca: el señor Benito Juárez. Ambos fueron mi inspiración y modelo: abiertos, francos y sin falsos oropeles.

En mis trabajos con don Marcos Pérez, aprendiendo el ejercicio de la abogacía y sus pormenores, varias veces pude verlo. Él nos visitó a menudo, sobre todo cuando comenzó su crítica, que ocasionó el exilio de *Su Alteza Serenísima*, Santa Anna. Como lo dije en mis *Memorias*, y hoy con el tiempo lo sostengo: al señor Juárez siempre le guardé una gran admiración y sé que de su parte conté con su estima y predilección.

Nuestra relación se hizo estrecha cuando abiertamente yo me declaré contra Santa Anna. El señor Juárez, desde su exilio en Estados Unidos, supo y celebró mi valentía y apoyo a la Revolución de Ayutla, encabezada por Antonio Álvarez.

La Revolución de Ayutla triunfó. Queríamos expulsar a Santa Anna del país. Noches, tardes y amaneceres sin descanso hasta ver a Su Alteza Serenísima sin su otra pierna sobre la silla presidencial. Logramos que Santa Anna saliera a oscuras, temeroso de morir en el intento –como yo en el *Ypiranga*–. A Santa Anna lo juzgamos por no ejercer el poder cuando era su deber y usurparlo cuando no debía. La reelección en él era una broma, porque nunca trabajaba: en cuanto el hervor comenzaba a subir en la olla, él salía corriendo y esperaba que otro le bajara al fuego.

Así que tras su salida yo, lo sé bien, vitoreé «que ningún ciudadano se perpetue en el poder». Lo hice en cada rincón de la República Restaurada. El señor Juárez me mandó tranquilizar. Su instinto le decía que yo era más que sólo un muchacho con ínfulas de cambio. Era alguien que no hablaba bonito. Que no encantaba con palabras. Pero que actuaba. Llegar hasta el fin de los planes, no había más. Y con ese afán permanecí el tiempo que fue necesario en el poder. Porque había que llegar hasta el fin. Dejar un México con crédito, orgulloso, con reconocimiento y con miras a un futuro mejor. Por eso no me fui en 1900 y regresé después de Manuel González. Porque a pesar del tiempo, al que no se puede engañar, el país ya no podía sumirse en otra lucha por ver quién se quedaba con la presidencia. Para tomar decisiones democráticas, primero, debía mantenerse, solo, en pie.

Si tan sólo, hoy mismo, surgiera otro mozalbete como el que yo era. Uno que detuviera al país antes de exhalar por última vez, pienso mientras escucho los murmullos de Carmelita al fondo del cuarto.

Tomo las hojas delicadamente decoradas del Hotel Ritz y decido escribir, de nuevo, a Ernesto Madero, secretario de Hacienda, alguien con más perspicacia que su sobrino presidente. Un hombre leal a José Yves Limantour. Sé que él está en franca oposición a la consigna de los *revolucionarios* de tirar todo cuanto se construyó en treinta años de mi mandato:

> …te ruego, estimado amigo, Ernesto, que con la noticia de mi baja como general de división, te sientas a bien compartir mi pensión de 6,750 pesos con algún soldado raso que creas, tú, podrá en un futuro próximo defender el bienestar y el orden del territorio mexicano. Podrá redireccionar el rumbo de una Patria que cansada está de la sangre y el saqueo... Con profundo respeto.
>
> PORFIRIO DÍAZ

Confío en que mis deseos, que de pronto siento póstumos, se cumplirán. Me da pena saber que Madero no tiene a nadie de su lado. A pesar de que sea el presidente, tiene más enemigos que lamebotas. No cuenta ni con su propia familia. Los Madero están divididos: no saben qué hacer ni cómo repartirse el poder, el dinero. Se encuentran a merced de sus propias ambiciones y de las traiciones, al viejo modo de Caín.

Yo entiendo que, a veces, en el tratar de llegar a la meta, se deba uno levantar contra quien resulte un obstáculo, sea quien sea. Pero que la familia sea la que empuña el arma, eso si no lo comprendo.

Yo conté en vida con mi hermano, *el Chato* Félix, a quien una bola de traicioneros y malagradecidos se despacharon en Oaxaca, en un acto de absoluta cobardía. Pero también sé de traiciones. La más clara es la que me hace el pueblo de México al darme la espalda y haber permitido que saliera yo entre la bruma y la incertidumbre. De traiciones menores, tengo tantas. Hay que imaginar que para mantener casi cuatro décadas de paz, tuve que pactar con cuanta sanguijuela quiso sacar provecho de mis logros. Acepté convenios con ladrones, *judas*, conservadores y liberales, Iglesia y revolucionarios para que mis firmes propósitos de hacer grande a México no se minaran. No somos monedas de oro, eso lo sé bien. Pero igual los que me quisieron me llamaron *el Héroe de la paz*, como fui nombrado por el Ejército Militar. Mote que ahora queda en ridículo, pero qué le vamos a hacer.

Eso sí, a mí, sólo los motivos políticos me obligaron a traicionar al señor Juárez, quien, con recelo, me entregó aquella condecoración como nuevo capitán de infantería, tras mi participación en la Revolución de Ayutla. Para entonces, ya sabía él de mi habilidad militar, de mi incansable lucha por mantener libre al país, de mis deseos de construir un México grande. En su gesto, al colgarme la medalla, pude adivinar la inconformidad en el rostro del señor Juárez, como quien sabe que el cuervo que está alimentando ha de crecer y entonces…

Fueron dos las veces que quise lograr el parricidio. Pero el señor Juárez fue siempre más fuerte. Cabezazos nos daríamos el uno al otro hasta su muerte, en 1872. Muerte natural que celebré por el hecho de no tener que derrotar, a quien yo admiré un día, a quien le había jurado lealtad.

Lamentable hubiera sido para la Historia que alguno de los dos acabáramos bajo las mismas armas que antes nos unieron. Ambos tuvimos un destino común: hacer de México un país viable. Los dos nos criamos en Oaxaca buscando que la Iglesia sacara las manos de la política, queriendo que la paz, tras ser colonia española, pudiera establecerse para que la modernidad sacara adelante al país. Defendimos la misma bandera y promulgamos la misma desesperación ante la necedad francesa de tomarnos, nuevamente, como su colonia o su *imperio*. Fui yo quien realizó su encargo de confeccionar una gran bandera mexicana para izar en el palacio municipal, a su entrada triunfal el día 15 de julio de 1867. Ese día había llegado el fin de la ocupación francesa, tal como él, el señor Juárez, tenaz y sin doblegarse, lo había prometido, aun en los peores momentos de conflicto.

–Señor, nuestra bandera está lista. ¿Quiere que la levantemos de una vez, para que el señor Juárez la vea ondear a su llegada a la capital? –me preguntó el general Enríquez después de la toma de Querétaro y el triunfo sobre Puebla, cuando ya Maximiliano no era nadie y el país era uno y de uno.

La bandera la había yo recogido de una tropa que, entera, fue fusilada por los imperialistas. Me pareció que no tenía mejor manera de honrarlos que tomar su bandera, remendarla y colgarla en la ceremonia del fin de la guerra.

–De ninguna manera, general. El señor Juárez ha de tener el honor de izar, personalmente, la bandera que con la vida defendió –le contesté al soldado.

Tenía yo entonces treinta y cinco años. En esos días creía que, una vez liberada mi Patria, lo mejor era dejar las armas y trabajar en la tierra. Mi adorada Delfina, recién casada y con tan sólo veinte años, me lo suplicaba. Ella quería establecer a su familia en Veracruz o en Oaxaca, no en la capital. Que fuera comerciante, me sugirió con dulce imposición. Así se lo comenté al presidente Juárez, rogándole, incluso, que me redujera el abono que recibía como parte de mis deberes como general. Pero con la seriedad que siempre lo caracterizó y sin mirarme a los ojos, el presidente Juárez me respondió:

–Señor Díaz, me temo que eso será imposible. Primero, porque no sé cuánto le corresponde como parte de su liquidación de acuerdo con el sueldo recibido en batalla. Y segundo, porque no es posible verificar esa cantidad, puesto que quienes le entregaron el dinero no dejaron registro y, seguramente, hoy están muertos.

–Señor presidente, le aseguro que nunca tomé nada que fuera destinado a otro fin. Un informe detallado dejé de los egresos y erogaciones que en mi poder se realizaron. Y…

Habría de interrumpirme, el señor Juárez, para mirarme, ahora sí, con esos ojos tan negros como jamás he visto otros.

–Además, señor Díaz, usted no puede dedicarse a otra cosa. Nació en lucha. Se forjó con armas. Se la jugó por establecer un país libre, ¿o no es así? Ahora que la República está libre, pero en ruinas, ¿va a huir de sus deberes? ¿O debo tomar por ciertos los rumores de que se nos volvió un timorato bujarrón porque desobedeció mis órdenes de fusilar a cuanto imperialista se le pusiera enfrente?

–Señor presidente, sin afán de contrariarlo y coincidiendo en la imposibilidad de comprobar los ingresos que tuve, más que por mi palabra, propongo ser liquidado por las dos terceras partes con base en el sueldo que recibía –afirmé seguro de que no había recibido, siquiera, la cuarta parte. Además, era incapaz de responder a las acusaciones que injustamente me hacía, ya que todas las órdenes de fusilamiento que yo *cuestioné* se las había hecho saber por carta que él nunca devolvió.

–Así será, entonces. Buenas tardes, señor Díaz –me indicó la puerta de salida. Yo no sabía entonces que no volveríamos nunca a tener una plática larga. A lo más intercambiamos saludos.

El dinero de la jubilación jamás llegó a mis manos, pues nunca recibiría el mensaje del banco para recogerlo. Con mi autorización años después, el señor Benítez solventaría con esos fondos el diario *El Mensajero*, un poco liberal, militarista, amparado bajo la libertad de expresión del mandato de Juárez: una debilidad de su parte, porque el pueblo no estaba preparado para el debate.

Tampoco me retiré por completo del servicio militar. El 27 de julio de 1867 me llegó el comunicado de la Secretaría de Guerra donde el señor presidente decretaba que las fuerzas existentes en la capital se distribuyeran en cuatro divisiones: la primera en el

Centro, al mando de don Nicolás Régules, y la segunda en Oriente, bajo mi mando, la tercera del Norte, con don Mariano Escobedo, y la cuarta, de Occidente, al mando del general don Ramón Corona. Surgiría otra en el sur comandada por el general don Juan Álvarez. Para mí significaba una estrategia del señor presidente para disolver al ejército que lo había llevado al triunfo: de mantenernos a raya, pues.

Pasarían tantas luchas e intentos de retiro por mi parte; luchas electorales limpias y sucias, perdidas antes de ver colmado el deseo de Dios: el destino, de recobrar la paz para México. Muchas vidas quedaron entre los años 67 y 76.

El señor presidente don Benito Juárez convocó a elecciones en el 72, pero la paz no estaba establecida. Las revueltas, la prensa, las inconformidades seguían desestabilizando a la República. Yo me incorporé a la lucha política, alentado por muchos, entre ellos mi hermano Félix; aunque el papel de ex general pesaba demasiado. Fui por el Partido Constitucionalista. En justa pelea contra los juaristas, perdí. Contra los lerdistas, gané. Pero no contaba con la pena que me traería la alianza de Juárez con Lerdo de Tejada.

Regresé a La Noria y les prometí a todos que sería la última guerra si ganábamos al grito de «No Reelección». En ese trajinar perdí a mi hermano, en enero del 72, cuando las tropas del gobierno lo perseguían y cayó en manos de los juchitecos, quienes como buitres lo destazaron. La Revolución de La Noria se perdió. Juárez alcanzó la gloria póstuma. Yo me acogí a la paciencia y mientras leía, a gritos, el Plan de La Noria, me juré que velaría por su cabal cumplimiento. La

Revolución de La Noria sería la última que mi gente atestiguaría. No más armas ni asaltos. Nadie más usurpando el poder, el dinero y la confianza del pueblo.

Y así lo hice. El mundo sabe que de haber sido otro el grupo que lanzó al redil a Madero, yo habría resuelto la anhelada sucesión presidencial con más decoro y sin poner en peligro la estabilidad del país. Quizá me hubiera retirado, otra vez, a alguna hacienda, como lo hacía cuando me iba a fabricar muebles a La Candelaria, para ver pasar el tiempo. O como lo hice cuando Lerdo de Tejada se quedó con lo que yo había ganado a pulso: la silla presidencial. Me hubiera retirado, igual, a sudar y no a morir de frío en esta ciudad. París, mi París.

Lloro cuando estoy dormido. Nunca lo puedo hacer consciente. Lloro cuando voy a mear o cuando estoy solo: salen lágrimas sin voluntad. Sobre todo escurren las gotas cuando cruza algún recuerdo de lo que pude haber hecho o pudo haber sido o lo que hice en sacrificio. Ni Carmelita ni nadie más me ha visto doblegarme. Sólo yo sé que aun con este cansancio y este cuerpo que ya se siente desarmado, mis ojos todavía guardan agua.

Apenas el año comienza y no puedo sino compararlo con los setecientos treinta días que le preceden. Era enero de un 1910 que parecía un augurio de una época más prolífica: México como el ejemplo de una tenaz y moderna república. Eso había conversado con tantos extranjeros. Con presidentes, reyes, emperadores; con los inventores de las nuevas comunicaciones. Con

Graham Bell, por ejemplo, quien orgulloso y asombrado de mi disposición para que el telégrafo y luego el teléfono estuvieran presentes en gran parte del país, se puso a mis órdenes. México: el modelo. Así lo creía. Por ese ideal jamás me arqueé o negocié el poder.

Hoy es 2 de abril. Aunque hubieran pasado cien años, jamás olvidaría esta fecha. El día en que por fin México se vio libre de cadenas extranjeras. El inicio de otra época. A partir de ese 2 de abril de 1867, el destino nos pertenecería, me sentiría un poco el padre, un poco el protector, un mucho el héroe de México.

La estación de Madrid me aguarda. Carmelita está emocionada de llegar, por fin, a España.

–En donde hablan como yo –me dice–. Me duele la cabeza de traducir todo lo que me dicen. El ayudarle a usted a platicar en francés, me cansa. El pensar cómo lo diré y cómo lo dirá, para que nos entiendan, me tiene harta. Aquí me encontraré mejor –asegura mientras mira puerilmente por la ventana las calles asoleadas de Madrid.

Otra vez en el Hotel Ritz, con sillas y tapetes jaspeados. Hay flores y otro cielo más claro se dibuja. No puedo borrar de mi cabeza el día que he celebrado por más de treinta años: el 2 abril de 1867. Sé que Carmelita también lo recuerda, pero no me dice nada. Se ha empeñado en aparentar que ignora lo que pasa en México. Cree que así le dolerá menos el estar alejada de sus amistades, su casa y su vida. Aunque ella no estuvo conmigo durante aquellos días en que yo tenía una energía infinita y mis pies eran incansables, sé que esta mañana también meditó sobre lo que ha de rondar en mi cabeza el día entero. Porque en su infancia, ella también escuchó el zumbido de las balas francesas y mexicanas cruzando el aire. Aunque sé que su familia, por ser de abolengo, coqueteó con Carlota y sus damas de compañía, con la idea de una aristocracia austrohúngara, sabe que sucedió lo mejor para el país: consiguió paz y libertad. De cualquier manera, durante treinta años le he contado del fuego inescrupuloso con el que, aquella madrugada en la ciudad de Puebla, se culminó el enfrentamiento con las fuerzas francesas. Sólo la vida sabe de sus caminos y de por qué hoy, aquellos a quienes perseguí sin descanso en la primavera del año 67, me han recibido como sólo hubieran recibido a su Napoleón.

Con menos de treinta años, yo fui el héroe que me propuse ser en aquella batalla contra el imperio de Maximiliano. El sitio de Puebla fue la apoteosis de mi carrera militar. Cuando relataba mis *Memorias,* Matías Romero se impresionó porque la Batalla de Puebla contra los franceses era quizá el episodio que aún me producía calor en la sangre, palabras altisonantes, mirada inyectada. Sin embargo, hoy que vuelvo a rememorarla ya no me causa el mismo estupor. Más bien me da melancolía, tristeza. El muchacho que libró aquella batalla me parece que no era yo. Siento que recuerdo la vida de otro. Como si el que fui no hubiera sido yo. Sentado en esta silla del siglo XVIII con cipreses labrados, parecidos a los que habitan en los jardines congelados que veo por la ventana, recuerdo a mis tropas de aquellos días. Siento un poco de lástima, también. Porque si yo hubiera sido aquel valiente que luchó en la Guerra de Intervención, Madero no me habría sentenciado al exilio a cambio de la paz del país, y la historia de hoy no sería la misma. Podría haberle jalado las riendas, nuevamente, al caballo desbocado rumbo al precipicio.

En aquel abril, Puebla me debía sólo malos recuerdos. Los días de cárcel no se olvidan fácilmente y ya había estado preso en aquel valle bajo la coacción de las fuerzas austriacas en las fortalezas de Loreto. Sostengo que estar encarcelado es peor que la muerte, casi muero de impotencia. Pues bien, en aquel marzo del 67, dos años después, cuando ya nos venían cercando las fuerzas francesas, viví el incendio en San Agustín, a causa de las llamas que iniciaron en la base del circo *Chiariani*. Cuando estábamos por ejecutar la orden de respaldar a las fuerzas del general González, quedé entre una tormenta de balas y vigas cayendo y ardiendo sobre mí. Sepulto estuve por varias horas. Oliendo la piel chamuscada junto a Juan José Baz, quien no me respondía y sólo jadeaba.

–Licenciado Baz. Le digo que repase conmigo el plan de ataque. ¿Puede escuchar los disparos? En cuanto salgamos de aquí debemos regresar a la plaza de San José, a ver si continúan los enviados de don Manuel González.

Me contestó con gruñidos, con lo que supuse que estaba a salvo.

La línea de los franceses, aunque constante, ya se sentía débil. Por otro lado, el bombardeo había ocasionado que nuestros víveres y repuestos fueran escasos. Los comerciantes, la gente, estaban asustados, escondidos en sus casas y sin ejercer sus oficios. Mientras tanto, el general Manuel González tenía que salir de Querétaro para que las fuerzas de Márquez y Noriega no lo alcanzaran. Minutas me habían llegado de que estaban desmoralizadas las tropas de González, las mías propias, tratando de llegar con vida, por lo menos a Oaxaca. La presión se hacía más intensa conforme marzo terminaba. Temíamos perder los sitios. Jamás había dormido tan pocas horas. No quería cerrar los ojos y soñar con el jaspeado del manto de Maximiliano y las joyas de Carlota.

Sé que todos esperaban que, ante lo cercano que se oían los franceses alrededor del cerro de San Juan, diera yo la orden de retirarnos, de dar por perdida la batalla para rescatar a México. Pero nunca me vino a la mente la idea de rendirme. Sabía que los franceses eran más cautos. Y que esa cautela terminaría por derrocarlos. La proximidad de don Leonardo Márquez a Puebla no detendría el paso de los mexicanos. De eso estaba seguro. Márquez, el lugarteniente del imperio, y Vidaurri, el ministro de Hacienda, habían regresado a la capital para retomar fuerzas y volver a Querétaro con más ahínco. Todos ellos ya se perfilaban como los mexicanos bienaventurados del imperio.

Yo me refugiaba en la información que mantenía a toda costa y con todos mis subordinados. Establecí un telégrafo militar por la cuesta de Río Frío hasta Tlalpan y otro hasta Apizaco. Dispuse también de una locomotora para recibir noticias del enemigo. Estuve al tanto de si don Leonardo Márquez retomaría Puebla o si era cierto que regresaría a reforzar Querétaro. Fue entonces cuando llegó la información de que marchaba hacia Puebla. A nadie dije nada y ese silencio nos salvó. Mantuve a mis soldados más débiles y enfermos en Tehuacán y el enemigo lo tomó como retirada. Entonces di la señal al general Alatorre para establecer la estrategia de combatir a las fuerzas imperialistas.

Nadie me falló: el general Juan Crisóstomo Bonilla, el mayor Carlos Pacheco, Guillermo Carbó, el señor Zamacona –quien habría de narrar una y otra vez la travesía– y tantos otros que a pesar de reflejar el susto en sus ojos nunca permitieron que sus manos dejaran de luchar por defender su tierra. La memoria no me deja olvidar los rostros pero seguro se me van varios nombres. Defendieron hasta la muerte a la Patria en donde vivían sus hijos, donde crecerían y donde quedarían enterrados, muertos de su muerte, como los míos.

Fueron trece columnas disparadas desde el cerro de San Juan, en la noche más oscura de la que yo tenga recuerdo. El enemigo comenzó a responder, desordenado, improvisado, a tientas, sin cubrir las espaldas. Estos errores denotaron que estaban cansados, heridos y desanimados. Al contrario que nosotros, que ya encarrerados no queríamos sino terminar triunfantes.

En aquella madrugada del 2 de abril del año 67, tuve la certeza de que sería cuando los generales imperialistas vieran su suerte. Un asedio de veinticinco horas en la Plaza del Carmen nos precedía. Yo tenía la indicación de rondar la zona durante toda la noche. Debía alertar a mis tropas, infundirles ánimo para resistir a las ya deterioradas líneas francesas. Los días que siguieron a la detonación estuve alerta de las noticias sobre el general Noriega y don Hermenegildo

Carrillo, quienes defendían al emperador Maximiliano con gran tenacidad en la Plaza del Carmen. Don Hermenegildo se salvó de mis tropas, días después, por esconderse en una casa de algún poblano incauto. La ventaja ya la llevaba mi tropa, que al lado de la de don Diego Álvarez había logrado doblegar a los imperialistas. Muchos de aquellos traidores a la Patria fueron, en realidad, piezas de gran valor que años después, cuando mi mandato, tuve a bien incorporar en mi gabinete. Como fue el caso de don Hermenegildo, quien nunca me defraudó en el ejercicio de servir al pueblo mexicano.

Durante esos días avanzamos más allá de Puebla, sobre los cerros de Loreto y Guadalupe, donde ya nadie nos hacía estela. Yo sabía que la rendición de los fuertes era el punto culminante para alzarnos con la victoria. Al encuentro de la avanzada salió el general Quijano, de los imperialistas: era su cabeza. Debo decir y sincerarme, que a pesar de los reportes que hubo después respecto a dicha batalla, no es cierto que tuviéramos una superioridad en cuanto a la artillería. Así lo he declarado varias veces. Lo cierto es que teníamos la enorme consigna de ganar la defensa y rechazar la Intervención. Teníamos el decreto del presidente Juárez de fusilar sin miramientos a cualquier mexicano que estuviese en contra de la República. Así lo tuve yo que ejecutar en ocasiones. Camino a los fuertes, di la orden de que fusilaran a todos los prisioneros, sobre todo si tenían un alto rango. Sin embargo, yo no habría fusilado al general Quijano, antes santanista; él, por su parte, tenía la misma determinación que yo: aniquilar a cuanto compatriota se negara a ser francés. Tuve que ejecutarlo junto a veinte jefes suyos. Después de ese enfrentamiento, y hastiado de tanta sangre hermana, no volví a disparar a nadie. Sé que la muerte de Quijano se llevó la última esperanza que les quedaba a las tropas imperialistas. La moral se les fue a su tumba. Si a mí me hubieran asesinado, también mis tropas se habrían desvanecido.

Esa fue la noche de más importancia para vencer en la Guerra de Intervención. Después ya fue fácil trepar al cerro de Loreto. El general Tamariz, al ver que lo cercábamos, pidió conversar conmigo a la orilla del foso. Hablamos como dos hermanos cansados de luchar entre sí. Ya no había duda de que nosotros, los mexicanos, jamás claudicaríamos. Estábamos en nuestra tierra. Defendíamos nuestra casa. El general Tamariz tenía el rostro descompuesto, se desató el arma y me la entregó. Yo la conservé por siempre. No fusilamos ya a nadie. Los tomamos presos. Sería el 4 de abril y la República Mexicana estaba, nuevamente, en proceso de reconstrucción. El general Tamariz me estuvo agradecido por el trato que le dispensé. Él se quedó en Puebla y Juárez ya gobernaba desde la capital, más allá del 24 de junio de 1867; cuando Maximiliano y su gente se rindieron, los aprehendimos y, contra los augurios del pueblo que no creía capaces a las fuerzas juaristas de matar a alguien de la realeza, los fusilamos.

Le sugiero una caminata a Carmelita, para disfrutar las nuevas calles de Madrid. Carmelita asiente. Me siento turbado por los recuerdos. Cómo borro de mi cabeza la palabra México. Recuerdo mejor lo que pasó hace mucho tiempo que lo que hice ayer. La palabra *guerra* está presente en cada frase que elaboro. Al mismo tiempo, no puedo imaginar que nunca volveré a mi tierra. Carmelita me dice que acepte la hacienda que me ofrece Íñigo Noriega. Le digo que no quiero más casa que la que tengo en el país en el que nací. Le hago reflexionar sobre el problema que tendríamos para dejarla cuando regresáramos a México. Ella voltea la cabeza y no responde. Los treinta y cinco años que le llevo a mi mujer me hacen verla como una eterna adolescente, rebelde a veces, cariñosa como una hija en otras ocasiones. Siempre he sentido que incluso mi hija Amada es más centrada que ella. En esta ocasión es una malcriada. No le he contado que también Cowdray nos ofreció un castillo en Inglaterra. Para qué turbarla si no tengo la menor intención de establecerme en un continente que sólo se aprecia cuando se está de visita, cuando uno se sabe de paso. Aunque tampoco en México tengo casa o propiedad alguna, porque a mi salida he vendido todo, no puedo pensar en establecerme fuera de mi hogar. Sé que aunque la casa de la Cadena está al cuidado del coronel Santacruz, quizá no vuelva a pasar su umbral. Sé que nada nos faltará aquí. Mis ahorros, mi pensión y la venta de los bienes, antes de que se desatara la revolución, han sido puestos en Santander, y harán que este tiempo no sea tan humillante como ellos hubieran querido que lo fuera.

Evito mirar los puestos de periódicos. No quiero saber, hoy 2 de abril, que sesenta años después todos esos valerosos hombres que murieron en Puebla, en

San Agustín, yacen en vano bajo la tierra. Evito pensar en que la barbarie regresa. Pero un desgraciado periodista me aborda de la nada y me pide mi opinión sobre la Revolución de México. Me doy la vuelta. No comento nada. El pelmazo tira su libreta sin querer y se queda pasos atrás. Quisiera decirles a todos estos reporteros que eso que están viviendo los mexicanos no tiene fin, que se están mordiendo la cola.

Carmelita me toma de la mano y la aprieta fuerte. La suelta. Ese gesto me dice que ya todo pasó. O que lo deje ir. Regresamos al Hotel Ritz para asistir a la fiesta del rey don Alfonso de Borbón. Carmelita está emocionada. Su vestido color palo de rosa, ampón, me dice, será la sensación entre la realeza. Entre la *nobleza vieja*, me asegura.

–Porque ya me veo de su edad, Porfirio –me sonríe mientras se polvea frente al espejo de flores de piedra–. Porfirio, esta noche, con su banda de la Gran Cruz de Carlos III, al igual que en la fiesta del Centenario, disfrutaremos de las mieles, las pocas que quedan, de nuestro sacrificio por México. Después tenemos la cena con el señor Béistegui. Será en su honor, Porfirio. Una especie de consuelo para alguien que hizo mucho y que poco se lo agradecen, querido. ¿Los aretes de perlas o éstos con rubíes?

Corto su perorata. No alcanzo a escuchar todo lo que sigue comentando. Miro la cinta de la Gran Cruz de Carlos III, soy el único extranjero condecorado con dicha presea del rey. Sonrío tristemente: a cien años de habernos separado de España, ellos reconocen mi trabajo, mi sacrificio y los frutos adquiridos. ¿Por qué el mundo entero lo entiende, lo celebra y lo reconoce y en casa se está armando la revolución alegando desigualdad y miseria?

Allí llegamos, emperifollados como pocas veces, bajamos Carmelita y yo del carruaje para asistir a la fiesta del Palacio Real. Carmelita relucía y yo no podía ni siquiera fingir una sonrisa. En cuanto entramos al gran salón, se levantaron varios invitados de sus mesas y aplaudieron como si hubiera llegado la realeza mexicana. Estaban los parientes de don Alfonso de Borbón, su madre y la princesa de Asturias, la infanta doña María Teresa, José Canalejas, el presidente del Consejo de Ministros, el marqués de Polavieja, mi querido Camilo García y su esposa. La comida duró hora y media y después pasamos al salón Carlos III a hacer un rato de tertulia y los hombres, a fumar. Allí conversé con Béistegui sobre mi estancia en Europa. Mi malestar contrastaba con su ánimo por tenerme en Madrid y «a salvo», me decía.

–No sabe las noticias que llegan aquí de las barbaries de sus connacionales, don Porfirio. Estarán bien aquí, podrán establecerse en donde más les guste, cerca del Escorial, en Asturias o en Barcelona. Depende qué clima les agrade. Puede regresar a la siembra, a cultivar jardines frutales, como lo hizo en México.

Todo me lo decía mientras perdíamos la vista entre el puro y el licor, contemplando la larga avenida por donde se entra al Palacio de Oriente. Tan parecido al Paseo de la Reforma, recién adornado en México para el Centenario. Lineal y perfecto para ver llegar a quien cansado del camino arribara a la capital.

Las noches que siguen a la fiesta en palacio calman la angustia que sentía por el aniversario de la toma de

Puebla. Ver a viejos y verdaderos amigos, con exquisitos modales, me conforta. Comer y beber en un ambiente tan sobrio, ayuda más. Conversar con don Camilo García, por ejemplo, alivia mi alma. El recibimiento fue tan afectuoso y lleno de respeto por parte de todos los convidados que, por momentos, dejé de pensar que en México yo ya no era nadie. A pesar de haber sido yo quien en la fiesta del Centenario recibiera de manos de Camilo García y en nombre del rey de España, el uniforme del gran Morelos, cuando me entregó las pertenencias que aún conservaban del caudillo desde el momento de su aprehensión. Desde mi llegada a Europa, mi buen Camilo ha sido de mucha ayuda.

Sé que Carmelita añora a nuestras amistades en México. Más que yo. Quizá, más de lo que sus amistades a ella. Mientras me pierdo en los bosques helados, aún en verano, de Ems, Alemania, adivino que ella escribe cartas inmensas y cargadas de nostalgia que luego envía a México. Algunas cartas se quedan para siempre en el cajón. He visto el membrete para Catalina de Casasús, nuestra amiga. A Carmelita esas cartas sólo le sirven para desahogarse, para imaginar que alguien la escucha. Nuestra comunicación es casi nula. Ninguno de los dos queremos vernos llorar, quebrarnos. Por eso no nos decimos que la melancolía nos está carcomiendo el alma.

–Porfirio, estas aguas termales habrán de mejorar su salud y aliviar su dolor de piernas.

–¿Y para el corazón, Carmelita, que no entiende del desagradecido gesto de los mexicanos, eso con qué lo alivio? –le decía yo con ganas de sacarla de quicio, un poco para tener con quien pelear y desahogar mi angustia y mi incertidumbre. Pero Carmelita cambia de tema y me pregunta si iremos los últimos días de agosto a Maguncia, a ver las maniobras militares al mando del káiser. Le confirmo que he recogido los pases de mano del comandante del 18º Cuerpo del Ejército de Prusia.

A orillas del Rin en Maguncia, el ejército alemán hizo gala de su poder. El káiser presidió el acto. Nadie me reconoció, al principio por lo menos. Por eso sólo estuvimos un rato, con Ricardo Diener, el vicecónsul. Yo quería irme de allí de inmediato. Tomé del brazo a Carmelita.

–Vámonos, Carmelita. Que no hay que estar en donde no nos quieren –le dije.

En ese momento nos abordó el emperador, avisado, yo creo, por Diener, para decirnos que sentía no haberme atendido antes. Que no nos había reconocido a pesar de tener mi foto en el Palacio de Potsdam. Platicamos brevemente, pues se percató de la molestia que me daba hablar del tema: de la caída estrepitosa de la política en México. Me dijo que varios de sus connacionales, los del salón alemán en la ciudad de México, y algunos dueños de haciendas cafetaleras en Veracruz, habían sido saqueados, humillados y deportados del país por los revolucionarios.

–Es una lástima, señor Díaz, que la sociedad de México esté tan descompuesta. Mi mayor pésame.

Nos dimos un abrazo. Reconfortante para mí, a pesar de la frialdad del káiser. Después se acercaron varios militares a presentarme sus respetos y salí de ahí entre fanfarrias alemanas.

IV

En París, Hotel Astoria

Otoño de 1912

Todo se está muriendo. Las hojas, los amigos, el país por el que tanto me sacrifiqué. Todo está en trance de desaparecer. En París me siento un poco más en casa, un poco más a salvo.

Siento que mi anhelada paz se ve cada día más lejana. Nada más cierto. Es de mañana y al tomar la colación, Carmelita exhala al abrir la puerta. Es un telegrama de la embajada de México en España. Se deja caer sobre la silla del recibidor con la hoja en un puño.

–¿Qué pasa? ¿Qué dice el telegrama, Carmelita? –le pregunto asustado al ver su semblante. Imagino que algo más fuerte estalló en México, que alguien está herido o preso.

–Ha muerto su querido Justo, Porfirio. Otro grande que mejor se va. Murió en Madrid –me extiende el telegrama arrugado con grandes lagrimones rodando por sus mejillas.

Recordar a Justo Sierra es recordar al traductor de mis pensamientos. Al pintor de mis ideas. A mis ochenta y dos años pudo ser la noticia que me parara el corazón. Yo, que todo lo he presenciado. Que a tantos he ejecutado. Yo, que he asistido a tantas muertes de tantos seres tan queridos. Que he enterrado a mis padres, hermanos, hijos. Siento que el corazón no me va a aguantar este dolor de sentirme más solo, sin Justo, sin el diputado, el magistrado de la Suprema Corte, el subsecretario de Justicia e Instrucción Pública, el secretario de Instrucción Pública y Bellas Artes; sin el flamante primer secretario de Educación Pública; sin el poeta, el ensayista, el historiador, el novelista y el periodista; sin el amigo, el padre de familia, el consejero y el juez.

Mi buen Justo, quien con los ideales de la juventud se unió a mi gabinete desde la primera vez, en 1877, allí alcanzó el mote de *Profesor de Historia.* Como profesor no sólo se preocupó por reformular los libros sobre la historia oficial, entusiasmado por instruir a sus alumnos en la verdad y no en los mitos y las fábulas, intentando crear una visión real de nuestros antepasados, de quienes nos habían formado. Justo, y nadie más, se encargó de organizar toda una reforma educativa, lejos de las historias eclesiásticas. Tal como la quería el señor Juárez: liberal.

A él y a su hermano Santiago les encomendé la tarea de elaborar un plan de gobierno fuerte, conciliador, profundo, cuya política estuvo encauzada hacia el bien social y la erradicación de cualquier revolución. Sabrán que a él se debieron otras letras surgidas de su amado Ateneo de la Juventud. Justo Sierra se ha ido, y me pregunto si en México le guardan el luto debido. Porque a él le deben que no se haya derramado mucha más sangre: aunque yo la calificara de *mala sangre,* fue Justo quien me convenció que más bien era *sangre moldeable.* Justo Sierra, mi conciencia tan brillante y honesta. Cómo olvidarlo hoy que estoy desterrado, cuando a finales de siglo me pedía que viera las cosas desde otro crisol para dejar el poder.

«Yo no me asusto por nombres, yo veo los hechos y las cosas, he aquí lo que con este motivo se me ocurre. La reelección indefinida tiene inconvenientes supremos; del orden interior unos y del orden exterior otros, todos íntimamente conexos. Significa, bajo el primer aspecto, que no hay modo posible de conjurar el riesgo de declararnos impotentes para eliminar una crisis que puede significar retrocesos, anarquías y cosecha final de humillaciones internacionales. Si usted llegara a faltar, de lo que nos preserven los hados, que por desgracia, no tienen nunca en cuenta los deseos de los hombres, y me objeta que no es probable que no podamos sobreponernos a esa crisis por los elementos de estabilidad que el país se ha asimilado; entonces, ¿cómo nos reconocemos impedidos para dominar lo que resultaría la no reelección?... En la República Mexicana no hay instituciones, hay un hombre; de su vida depende paz, trabajo productivo y crédito.»

Justo Sierra, mi amigo, que tantas veces peleó conmigo argumentando que era más eficaz un libro o una sinfonía de Beethoven para derrocar al enemigo, que un rifle o unos buenos golpes.

Supe que su muerte no fue en vano, que muchos levantamientos ocasionó en México. Relecturas de sus críticas a Madero, de sus críticas a todo.

Estos meses de árboles desnudos prefiero quedarme en el hotel. Pero nunca muere un gran hombre solo. Las malas noticias en el otoño de tan insoportables vientos, se multiplican. Es noviembre y me despido de quien iba a ser mi sucesor en la silla presidencial: Ramón Corral. Acudo con Carmelita y me encuentro a José Yves Limantour en la sala, esperando noticias como quien muy afligido está. Pasamos los dos al lecho de muerte y a Ramón le divierte vernos juntos. Así que José y yo le seguimos el juego y bromeamos, muy serios, sobre adivinar el fin de la revolución. Conjeturamos qué pasará con Madero cuando abdique, desesperado por no poder actuar como presidente. A los tres nos duele el sarcasmo, pero no lo externamos. El doctor desahucia a Ramón, el flamante vicepresidente de México. Siento que enterraré al mundo entero. ¿Cómo es posible que muera quien debía sucederme para hacer perdurar el progreso del país en caso de que yo muriera?

Después del entierro de Ramón en Père-Lachaise, José se despide con un «siempre a sus órdenes». Me siento exhausto. Ya nada le digo de lo que pensé: «a mis órdenes y a las del Madero y a las de Hernández» y a las de todos los que me sucedieran. Nada digo porque, repito, ya estoy muy cansado y dolido. Pero José sabe adivinar mi semblante e intenta romper el hielo. Me cuenta, con tono de desilusión, con frases muy cortas y secas, el proceso que tuvo que vivir para defenderse del complot que le tendieron para que no se quedara con la Secretaría de Hacienda bajo las órdenes de Madero. Pero igual sabe que no me importa. Escuchar sus peroratas intelectuales justificando su sacrificio al seguir en Hacienda, me hubiera hecho estallar. No es el momento.

–Así será, José. Aun fuera de México, así será que estarás a mis órdenes. Buenas tardes –le respondo clavándole los ojos para no dejarlo mirar hacia abajo o a los lados. Para recordarle que yo lo sé todo y que no es necesario entrar en detalles.

El problema de todos estos jóvenes que se criaron en la modernidad de México es que le dieron una importancia de cien a sus estudios universitarios. Su ceguera se debió no a que no se hubieran forjado en la lucha, con la sangre, con la guerra, sino a que dejaron de escuchar o menospreciaron a los que no accedieron a la educación superior. Y peor aún, a la educación en el extranjero. Sin embargo, el buen Justo les dio una confianza de cien. En ellos puso toda su esperanza y dejó que mi gabinete estuviera, siempre, saturado de discusiones intelectuales y cosmopolitas. A veces me divertían, me entretenían, en ellos dejaba muchas decisiones, me sorprendían. Pero otras eran absolutamente insoportables, como lo fue Limantour en los últimos años. Aunque tampoco puedo negar que no sabía qué hacer sin él. Yo daba las órdenes. Yo quería el progreso. Construir una moneda fuerte y respetada por el mundo entero. Sólo Limantour sabía cómo hacerlo. De inmediato, sin pausas. Seguro. Él, más que nadie, entendió tan clara mi orden de sacar al país adelante, económicamente hablando, como nadie más la hubiera acatado. Jamás se había dado un superávit o una moneda fuerte, o la primacía de venderle plata al mundo. Nunca el mundo nos había visto con tan buenos ojos y con tan buenos créditos como lo hizo con *mi compadre* Limantour al mando de la Casa de Moneda y todo lo que tuviera que ver con el nacimiento, vida y muerte del peso mexicano. Yo mismo lo miré como el sucesor perfecto. Pero en política no hay amigos eternos, y él decidió no estar conmigo, ni siquiera en las fiestas del Centenario. El coraje que me ocasionó es tan reciente, que aún se me retuerce algo por dentro. Limantour no tenía que contarme nada, ya todo lo he leído en cartas y periódicos. La actitud de Limantour es acusada de traición a mi gobierno. Sé que se lo reprochan los del Partido Nacionalista. Estoy enterado de lo que dijo Limantour a los señores Madero y Vázquez Gómez en la conferencia que tuvo con ellos en Nueva York, acerca del peligro de una nueva intervención de los Estados Unidos con veinte mil soldados puestos a realizar el papel de *pacifistas*. Noticia que muy bien logró circular para que yo saliera del país de inmediato. Que si quiso quedar bien con la revolución, quizá sí. De cualquier manera, y viendo las cosas a distancia, Limantour era el único que podía sacar adelante al país de la quiebra inminente en la que ahora se encuentra. Pero hoy ya no me importa el patriotismo ni la traición de Limantour, porque el país, el proyecto de país, sea como fuere, está desahuciado. Aunque a él también le ha dolido lo que ahora le sucede a México.

–Lamento una cosa profundamente, don Porfirio, y fue el no haber llegado para la fiesta que tanto planeamos: el Centenario –me dice con voz finita, como si en verdad le doliera–. Recuerdo vívidamente, don Porfirio, las tardes tomando el té e imaginando los doblones que haríamos como obsequio para todos los invitados. Y el impulso sin medida que le ofrecimos a las grandes edificaciones para que fueran el marco del progreso. Apenas llegué, y sonreí viendo algunos púlpitos hechos con el mármol que exportamos de

Puebla, señor. ¡Cuántas cosas planeamos y cuántas hicimos para el festejo, a pesar de todo!

Es cierto, me llevó más de cinco años planear nuestra gran fiesta del Centenario. La culminación de cien años de intervenciones, guerras civiles, saqueos: una fiesta mejor que la del festejo de la toma de La Bastilla. Sólo un ángel podría emular lo que la nación había alcanzado en un siglo: el Ángel de la Independencia, puesto en Reforma para que todo el que llegase a la ciudad supiera que éramos libres y soberanos.

Meses antes tuve el temor de que las revueltas de Madero y su Partido Antireeleccionista me las echaran a perder. Pero ya había entregado invitaciones al mundo entero. El dinero ya circulaba buscando a los mejores panaderos, orfebres, artistas de la plata y la ornamentación. Bailadores y poetas que estuvieran dispuestos a hacer de las calles una verbena popular. Ya los actores de las pequeñas obras de teatro se sabían sus guiones: «¡Viva México!», gritarían emulando el día que se desató la Independencia. Por eso mandé calmar a Madero en la cárcel, por andar suscitando discursos que no sólo dañarían mi imagen, qué va, sino la imagen de México, que muy pronto estaría bajo el lente del mundo. Sabiendo de sus planes de ofrecer una visión desestabilizadora del país, mandé generales a la calle a cuidar el orden. Cientos de personalidades venían a comprobar que México estuviera a la altura de la mejores galas europeas y en las mejores condiciones de inversión y progreso.

Carmelita pudo pasear su belleza entre las principales princesas e hijas de los más destacados diplomáticos y líderes del mundo. Mi Carmelita, casi ni la miré, opacada frente a las grandes mujeres que visitaron Palacio Nacional. Tantas tertulias y brindis de bienvenida eran el augurio de un nuevo siglo más prolífico. Cientos de luces, de flores, música de cámara. Hombres tan catrines como nunca jamás habrá, paseando con bastón por la Plaza de la Constitución, engalanando el mes de septiembre. Los más famosos poetas, los enormes hombres estuvieron presentes haciendo odas al país y a su historia. Quizá sólo faltó Darío, *el Poeta*, Rubén Darío. Previo a aquellos días tuve a bien recibir a José Yves Limantour y a Justo Sierra para hablar de la difícil situación de que viniera Darío como centro de la celebración mexicana. Ya en Estados Unidos nos presionaban para invalidarlo. Su país en franca guerra con Estados Unidos estaba a punto de ser desconocido. Ya Limantour me exigía que vetara su entrada, ya Justo Sierra me suplicaba que ignorara las amenazas. Llegó Darío y llegó bien a Veracruz, en donde alcanzó a festejar su fiesta como poeta del Centenario, y a ver la extensión de la fiesta hasta el 12 de septiembre cuando se embarcó a La Habana, obligado por mi mandato de no poner en peligro la estabilidad de México con el Norte. Ponerse contra ellos no era lo ideal. De parte de Estados Unidos venían más de doscientos invitados, representantes de gobierno e inversionistas fuertes. De por sí ya me presionaban con que cediera la frontera para sus conveniencias. No pude hacer más y Justo me lo reclamó enérgicamente.

Mi tan querido Justo Sierra y Pedro Henríquez Ureña, un ilustre dominicano, realizaron la investigación histórica, la ideología que todo mexicano y ciudadano del mundo debía entender sobre esta magna celebración del Centenario. México no tendría mejor oportunidad de dar a conocer al mundo los logros, avances y riquezas que había alcanzado. ¿Qué otro día podrá México contar con veintitrés países en la palma de la mano?

Con sumo cuidado los festejos comenzaron el día primero de septiembre. Al son de los boleros, orquestas, bailes y desfiles de aztecas, se fueron dando los eventos que, día con día, durante un mes, tenían la intención de inyectar en los invitados el júbilo que nos daba festejar cien años de arduo trabajo, guerras, ocupaciones, sacrificios y victorias en pos de una Patria libre y orgullosa.

Han pasado tan sólo dos años y el México de ahora, que nada tiene que ofrecer, ya dista del México triunfante de aquellos años. En un mes exhibimos todo aquello de lo que somos capaces, no desaproveché un solo intersticio social para dar cuenta del progreso: los locos, los delincuentes, los niños, los intelectuales, los estudiantes, los profesores, los melómanos, los nacionalistas, los católicos, los liberales, todos tuvieron su regalo del Centenario: algo nuevo que festejar. Inauguramos el Asilo General, construimos cárceles y plazas, hicimos exposiciones en varios museos, presenciamos desfiles y escenas de teatro callejero, entregamos escuelas primarias y superiores. Todos tenían motivos para celebrar: por la mujer y por los niños. Dimos rienda suelta a las corridas de toros. Develamos los bustos como reconocimiento a los héroes olvidados. Recuerdo al marqués de Polavieja, ilustre español y buen amigo, tan encantado escuchando a los más de seis mil niños cantar el himno y jurar a la bandera, así como los saludos prodigados a Isabel la Católica, su obsequio para México. Su presencia sólo marcaba la gran madurez de ambas naciones, al devolvernos las prendas de Morelos y la bandera de la virgen de Guadalupe, además de honrarme con el lazo de Carlos III. Queda de más recordar las caras de asombro en las varias visitas a las pirámides. Y las piedras para conmemorar a grandes hombres: Washington, Pasteur, Von Humboldt, obsequios de sus países. La magna inauguración de la Universidad Nacional de México, un triunfo para Sierra, fue el momento cúspide del desarrollo de la educación en la República. Los intelectuales, todos, agradecidos por la honra.

Carmelita era mi más grande animadora, loca de felicidad y *compostura,* claro, bailaba sin cesar al ritmo de los boleros que tanto amaba. Ella ofreció las fiestas en Palacio Nacional. Siempre encontraba a algún catrín servicial que después de hacerme una reverencia para pedir mi venia, la hacía girar como trompo sobre los pisos brillantes como piedras preciosas.

La fiesta del Centenario era la oportunidad de crearle una fuerte identidad histórica y cultural a la joven nación mexicana. Por primera vez involucramos a todos los niveles, a todos los mexicanos, a todos los rincones de la ciudad y del país. Un México que se veía en su mejor momento no podía reparar en gastos, y no lo hicimos. Justo Sierra, el secretario de Educación, había convertido su investigación en un justo acto de revalorización de nuestro pasado y nuestro presente: había que estar orgullosos de los aztecas, de Cuauhtémoc, de Hernán Cortés, de la época virreinal, de la guerra iniciada por Hidalgo para librarnos de trescientos años de colonialismo y fortalecida por Morelos y Guerrero, y finalizada por Iturbide, del periodo del señor Juárez, de nuestras batallas de Puebla, del derrocamiento de los imperialistas. Todos esos episodios nos habían formado y ahora era tiempo de mostrarnos al mundo como ciudadanos renovados y modernos. Los más de quinientos extranjeros invitados estuvieron maravillados con el Museo Mexicano, excelsamente cuidado, dirigido por Francisco del Paso y Troncoso.

Anonadados quedaron todos con los paseos en la Reforma y los conciertos. Absolutamente toda la ciudad estaba alumbrada, la electricidad y el agua potable eran la imagen inequívoca de que éramos otros los que celebrábamos, diferentes de los que lucharon por nosotros, por su Patria, durante cien años. Hoy cosechábamos lo que tanto nos había costado.

El 6 de septiembre de 1910 yo, el héroe nacional, el gran hombre que en treinta años reconstruyó una nación, *el Héroe de la paz*, recibía en Palacio Nacional a los embajadores y representantes de Estados Unidos, Japón, Italia, Alemania y China. Mientras, en las calles, la gente de Madero –apoyado por los Flores Magón– hacía todo lo posible para sabotear los festejos. La perversión de Madero fue más allá de lo imaginable, al grado de pagarle a varios pordioseros para que abarrotaran las calles por donde pasarían las caravanas de las grandes personalidades. El ejército tuvo que contener a los desagradecidos que se empeñaron en sabotear el pase de México a la modernidad. Nunca entendí por qué el pueblo se negaba a que México tuviera el reconocimiento del mundo. Por qué insistían en cerrar la puerta a las inversiones, al dinero y al progreso de los mexicanos.

En plenas fiestas, el ministro de Guerra me hizo saber que se habían producido levantamientos en Guerrero. Pequeños creí, los subestimé, es cierto. Dicen que en San Luis Potosí y en Puebla se encuentran varios adeptos a Madero. Pero decir *varios* era nada comparado con el número de mexicanos agradecidos que yo creía tener.

Fue así como el 15 de septiembre celebré por lo alto a Hidalgo, el padre de la nación moderna, y a Morelos, al señor Juárez, a los aztecas. Era nuestro deber honrarlos y hacerles saber a los niños que por fin gozaban de libertad gracias a que ellos habían sacrificado sus vidas por tener una Patria. A las once de la noche de ese 15 de septiembre de 1910, con mis amigos al lado, con Carmelita del brazo y desde el balcón principal de Palacio Nacional soné por última vez la misma campana que hiciera sonar el propio Hidalgo en Dolores. Mi discurso, que había yo pedido a Justo, se apegó a los hechos reales, a los avances –que eran muchos– logrados en la centuria. La igualdad era el siguiente paso, ahora que la paz se había logrado y el progreso no tenía paro. Había ensayado, quizá por años, el gran grito: «¡Vivan los héroes de la nación!» «¡Viva la República!» «¡Viva!» Y bajo mis manos, en el zócalo majestuoso que en tiempos de los aztecas había sido el centro ceremonial de la nación mexicana, cientos de miles de voces respondieron con «¡Viva!, ¡viva!, ¡viva!» Todo el mundo estuvo invitado: gobernantes, embajadores, intelectuales, músicos, católicos y liberales, el pueblo entero. Todos pudieron presenciar el júbilo y la riqueza de México.

La prensa mundial habló de nuestra fiesta, de nuestra Patria, de nuestro avance. Sé que también hablaron del *maravilloso y viejo* Porfirio Díaz, el presidente que había logrado salvar a México, el mismo que salió meses después, exiliado quizá para siempre, del país en el que nació y murió tantas veces. El mismo que celebró su octogésimo cumpleaños, porque el destino así lo quiso, precisamente el día del centenario de su Patria. En Estados Unidos se leía en los principales diarios: «Porfirio Díaz, presidente de la República Mexicana, debe de ser un hombre muy feliz, porque cuenta con la ferviente admiración del mundo civilizado, reconocimiento que tiene bien merecido. Ningún servidor público ha tenido mejor recompensa y ningún funcionario público ha tenido más méritos. Sería difícil exagerar logros tan grandes. Los resultados del trabajo de una vida por su país han sido maravillosos.» Ese mismo pensamiento me lo hicieron llegar los presidentes y altos funcionarios de todo el mundo, con el mismo sentimiento me quedé.

V

En Egipto

14 de enero a marzo de 1913

Zarpamos de Mónaco. Pienso una y otra vez en Napoleón, en qué habrá sentido frente a estas pirámides. Me comparo con él. Hemos venido aquí en circunstancias muy distintas. Él triunfó en su conquista, rindió estas tierras y luego regresó a Francia a gobernar. Yo, en cambio, he venido derrotado, luego de toda una vida. En algo nos parecemos, sin embargo: París es mi Santa Elena. Los dos hemos sido desterrados con el único propósito de ser olvidados.

Carmelita y sus hermanas, Luisa y Sofía, han planeado este viaje desde siempre. Parecen poseídas por una casi insana felicidad, imaginan las pirámides y las esfinges, el desierto. Les hago hincapié en que todos los espacios de Egipto están marcados por dos elementos clave del modernismo: el cosmopolitismo y el exotismo. Las mismas promesas que a México le esperaban ante los ojos del mundo.

El bendito azar me pone cara a cara, en el barco que tomamos en el Mediterráneo, con el legendario barón Horatio Kitchener. Los honores recibidos de su parte no pueden sino arrancarme sonrisas de satisfacción, cuando descanso, por fin, en mi camarote. Carmelita está con sus hermanas y sólo tiene a bien expresar que los ojos tan claros, de un azul tan *sucio*, del general Kitchener, le dan más terror que los míos. Cómo no han de dar miedo. Muchos árabes le deben su muerte o su vida. Egipto tiene, también, la experiencia de reconstruirse una y otra vez. Creen ser un país libre, pero aquí no gobierna nadie más que el rey británico George V, a través de Kitchener, el cónsul general, el *Field Marshal,* el gran vencedor en el Sudán. Él no ha dejado que nadie gobierne, ni el jedive ni el sultán, mucho menos Francia. Su tratado de paz o *colaboración* con Francia, signado en Alejandría, de nada ha valido para el apetito voraz de Kitchener. Él, para simular la *democracia* en Egipto, ha hecho nombrar *consejeros* a todos los ingleses que aquí viven y gobiernan. Su gobierno árabe es, pues, sumiso a las órdenes consejeriles. Sobre todo en materia de impuestos, aunque abarca todas las áreas.

–Usted lo ha de saber mejor, don Porfirio, hay personas que no saben qué hacer con el poder, y para eso estamos nosotros aquí, para otorgarles una lección de administración pública y política, con el fin de darles un mejor futuro, mejores perspectivas: un lugar en el mundo moderno –me comenta con un puro sin prender bajo el poblado y blanco bigote.

La presencia inglesa en Egipto, como en buena parte de Asia y la India es condición de civilidad, pero también de atraso para la mayoría. Yo dejé a los ingleses enriquecerse con México, he de aceptarlo, pero nunca los dejé hacerse con mi país. Pobre México, pobre Patria mía.

Me cuenta, sin dejarme hablar, que la última vez que vio una pelea fue en la legendaria Alejandría, con la revolución de Ali-Bey, quien tuvo que luchar contra la Gran Bretaña y que él ayudó al jedive a quedarse en el poder.

–Francia también quería su parte –me dice mientras se saca el puro de la boca–, pero no íbamos a dejar que se extendiera más por el mundo, como lo quiso hacer con México, ¿no lo cree, don Porfirio? Si Napoleón no triunfó aquí, ya perdieron su oportunidad.

No puedo comparar con nada el asombro que se siente al llegar a El Cairo: la entrada en Egipto es apabullante. Pero a mí tanto polvo del desierto me parece inhóspito. No hay árboles a donde acogerse para hacer sombra.

En el hotel de El Cairo, antes de embarcarnos hacia la cercana necrópolis de Gizeh, en donde habré de visitar tantas ruinas como nos den los días, el destino me ha deparado otra sorpresa. Desayuno con el banquero y filántropo norteamericano John Pierpont Morgan, mi amigo quien tanto me ayudó con los ferrocarriles. Ambos estamos en un viaje del olvido y el perdón. Un viaje espiritual, coincidimos. Pierpont me hace una confesión que, más que satisfacerme, vuelve a ponerme al día con respecto a México.

–Antes de venir a El Cairo, le he negado al presidente Madero un cuantioso préstamo. El señor Madero me explicó casi con lágrimas que el préstamo era para salvar de la ruina a varios empresarios mexicanos. Pero ese país, sin sus manos, señor Díaz, va en picada. Así que yo, como muchos inversionistas en la misma situación, mejor huyo y salvaguardo mi fortuna, señor Díaz. Además, el señor Madero no tiene reparos en pedirme el dinero mientras esquiva balazos. Perdón, pero ese presidente suyo está sosteniendo con alfileres un país entero. No creo que tenga la fuerza de aguantarlo –me dice Pierpont mientras se seca, palpitante, el sudor del rostro.

Es un viaje saturado. Un sol endemoniado. Pero me está sirviendo para despegarme de la sensación de estar en un laberinto sin salida en mi cabeza. A Carmelita y sus hermanas se les ocurre todo tipo de excursiones. Yo más contento me hubiera quedado como Pierpont: sentado en una silla del hotel tomando agua. Pero tengo que seguirlas. Vamos al Valle de Gizeh. ¡Malahaya que quisieron montar en un camello! Les dije que yo no montaría nada que no pudiera dominar. Que me buscaran un caballo o por lo menos una yegua, que a ese animal sí que lo conozco. Les doy una cátedra del hombre y su bestia y lo antinatural que es montar aquel beduino. No pueden conseguir nada. Ragab, el guía, sólo me da un borrico asustado, como yo, pero lo prefiero. Por lo menos, el burro me entenderá si le digo que allí mismo me deje. Entre risitas idiotas y cuchicheos de las tres mujeres, nos vamos a visitar la zona turística.

Adelante van otras caravanas de franceses e italianos. Al lado caminan cuatro hombres que visten una larga túnica oscura. Tienen la cabeza cubierta con un paño blanco ajustado. Son robustos, morenos, de largas y pobladas pestañas y cejas. Todos árabes, italianos y franceses, hablan gritando, interrumpiéndose entre ellos mismos. Aceleran mis dolores de cabeza y piernas. Y este borrico que a veces siento que lo tengo que cargar yo. Los cuatro hombres se detienen a comer pan y queso de cabra. Toman agua de sus cántaros con más ruido que los camellos. Después mordisquean un pepino. Escupen algo como la cáscara.

Estar enfrente de la pirámide de Kefrén, de las esfinges, me da la certeza de que hice lo correcto por la Historia de México. Todos los grandes imperios, las grandes ciudades, todos los que pasaron a la historia como magnánimos; quienes aportaron algo a las generaciones venideras tuvieron que forzar a miles de personas. La pirámide de Kefrén, como las catedrales de mi país, no se hubieran podido construir bajo *la democracia*. Tuvieron que ser forzados los más débiles para levantar algo majestuoso, duradero, omnipresente.

El panorama de las tres pirámides: Keops, Kefrén y Micerino, es imponente, mítico. Por la tarde, Carmelita le pide a Ragab que nos lleve a la Ciudadela de Saladino para visitar la Mezquita de Alabastro. Carmelita no comprende la diferencia de edades y de cuerpos, de almas y de recuerdos, y me lleva a rastras, casi, a visitar otro mundo, otra cultura, pero con el mismo tesón: querer ser perdurables e infinitos.

De regreso al hotel, quedo agradecido de no haber muerto junto al borrico. Las mujeres siguen planeando con los guías los dos meses que nos restan de viaje.

La imagen del país en quiebra, después de lo prolijo que se veía su futuro, contribuyó a que Carmelita me reitere durante este viaje la idea de que nunca más regresaremos.

–No hay vuelta atrás a los treinta años de *Porfiriato* –me dice.

Pienso en que no hay nada más desdichado para un padre que no poder morir en donde están enterrados sus hijos: Luz, Luz Aurora Victoria, Deodato Lucas, Camilo, Victoria Francisca, todos hijos de mi Delfina. Más todos los *hijos* que perdí en las batallas, en las guerras, en el servicio del deber. Yo quiero morir en esa tierra que guarda sus cenizas. Pero mis hijos vivos, el pueblo de México, como lo ha de hacer el hijo pródigo, me desconoce. Ha querido alzarse solo y en el intento me ha apartado de su lado. Hoy desconoce su apellido, su historia, en la que yo estoy, para bien y para siempre.

A pesar de todo, Limantour se ha quedado con la idea de que compartir el exilio nos ha vuelto a hacer amigos. Al recibir su carta creí que me hablaría de algún tema que quedó pendiente durante el entierro de Ramón Corral. La misiva me llegó antes de zarpar en el vapor por el Nilo. El tan añorado paseo de Carmelita. Egipto ha sido tan cansado como interesante. Tierra de grandes batallas, también. De grandes imperios y caídas estrepitosas. De Historia. La misiva dice que México está en el límite de sus fuerzas. Que a Madero le hacen falta brazos. Las revueltas y los saqueos están dejando al país en ruinas. No sólo se está desquebrajando socialmente, sino que económicamente se está quedando sin salidas. Los revolucionarios están parando las cosechas. Han saqueado haciendas y dejado familias sin sustento. Parece que ahora la mitad de México también está en contra de Madero, y la otra está angustiada por saber hacia dónde va. La carta de Limantour no me asombra, ya la plática con Kitchener me había puesto sobre aviso. ¿Qué hacer?, me pregunta Limantour. ¿Volver?, es una oportunidad que hoy siento muy lejana.

Viajamos hasta Luxor para embarcarnos en el Nilo. Un bullicio como de panal procedente del mercado nos hace imposible la comunicación. Yo opto por seguirlas. Ellas sólo ríen y disfrutan de la marabunta de los mercados. Carmelita me tiene que arrastrar y contagiar de su entusiasmo, yo me limito a no arruinar el viaje. Admiro los templos faraónicos que no hacen sino recordarme las majestuosas construcciones que le heredé a México: el Palacio Postal, el Banco de México, la Casa de Moneda. Después de la confirmación de Limantour, ruego porque los revolucionarios no los toquen y algún día sirvan de ejemplo de la modernidad que el país merece. Así como hoy, que admiro los templos faraónicos y sus inverosímiles dimensiones, sus relieves y formas, sus salas y su belleza. Quisiera que los turistas de México pudieran pasear tranquilos por sus calles y emocionarse con sus monumentos.

Nos desplazamos sobre el Nilo y en el Valle de los Reyes, en la necrópolis de Tebas, enterrados en el desierto, al lado del río, encuentro perennes a los tantos soberanos que murieron dejando algo a su pueblo. Pienso en la muerte: mi muerte. ¿Cómo será morir? No creo en un dios, ni en Dios. He visto tanta muerte que sólo creo en el trabajo y la suerte. ¿De qué sirve lo que hagamos en esta vida, si al final de ella no valió nada? Nadie lo reconoce, nadie te recuerda. Más de setenta y cinco años he luchado sin descanso, desde el momento en que mi madre quedó sola y yo como primogénito tuve la obligación de ayudarla. Desde entonces nunca he dejado de trabajar los seis días, y aun muchos domingos, entregado a cumplir con mis deberes como hijo, como esposo, como padre, como hombre, como soldado, como general, como gobernador y como presidente. Sin descanso, velando por todos. Buscando la conciliación y el sosiego.

La vida en las orillas trae más noticias funestas. Cuando ya sentía que nada podía ser más cruel que la imposibilidad de dar marcha atrás y no poder ver hacia delante, Carmelita me entrega una misiva. La leo justo cuando nos internamos en el Mar Rojo, con Asia a nuestra izquierda y la desconocida África a la derecha; la reviso en un lugar donde México ni figura.

La noticia me causa estupor, por decir lo menos. La tragedia no tiene fin en México. Las simples letras me dan una clara imagen de la miseria que ahora vive. Ni el verde del Nilo que me deslumbra en la cara me puede apartar del dolor que el pueblo de México está pasando: el 9 de febrero se produjo un estallido durante el que aprehendieron a Madero, un cuartelazo, un pacto en La Ciudadela. Madero se equivocó, otra vez. Félix, a quien Madero le perdonó la vida en su primera afrenta haciéndolo prisionero en Veracruz, Félix mi sobrino, casi hijo, criado a mi imagen, se ha aliado con Victoriano Huerta y lo ha ayudado a tomar el poder. Sólo el hecho de portar el apellido Díaz y el nombre de mi hermano ha de ser de todos la comidilla. Aunque estoy de acuerdo con que la situación era insostenible, el simple hecho de imaginar nuevamente ensangrentado al país, me desesperanza. Cuáles habrán sido los pensamientos de Madero y su gabinete: que fui yo quien los mandó matar. Aquel que me quitó el poder ahora está prisionero, quizá muerto. Su gente, igual. Carmelita me da una palmada en la espalda y pierde la mirada. No nos volveremos a cruzar en lo que resta del viaje. Yo repaso, incansablemente, cómo habrían detenido a Madero. Con obsesivo interés reconstruyo el momento. Ya no toco bocado alguno.

–Madero, seguro estás muerto –hablo en voz alta. Me niego a corroborarlo. Me da tanta pena.

–Volverás del mundo de los espíritus para darme la razón. Te espero o me esperarás en el inexistente Más Allá para saldar cuentas –le digo a mi imaginario interlocutor.

Nos detenemos en Asuán, desde donde se ve la Montaña Pura. Hay templos labrados sobre las rocas y yo no sé a qué santo ampararme. Los colosos de Abu Simbel, el templo de Ramsés II me dejan sin habla. Quizá por el simple hecho de haber legado estos monumentos tenga asegurada la inmortalidad que Madero tanto buscaba. El viaje se ha terminado. Ya no existe nada más que disfrutar. Egipto ya me da igual. Muero de ganas por llegar a casa. A mi ficticia casa. Alguna casa. Lejos de la arena en los ojos y el bullicio y los siglos de historia encima.

Tengo que escribirle a Mondragón. Llegan más noticias: Madero y Pino Suárez fueron asesinados. Se presume que fue mi yerno. El general Reyes fue muerto en el motín. Los grandes hombres están cayendo.

Carmelita se acerca y me pregunta si estoy bien. No tengo más que mirarla para que sepa que todo está mal. Que se retire. Que quiero estar solo.

En cuanto Carmelita sale de mi habitación, le escribo a Mondragón: es necesario que le diga a Huerta que él es el elegido para regresarle la paz a México. Sé de dónde proviene Victoriano Huerta, de las propias líneas de mi Colegio Militar. Sé de su capacidad como soldado para apaciguar revueltas en Guerrero y en el sureste, en Yucatán y en Quintana Roo. Él mismo se encargó de llevar al puerto a mi triste escolta en el ferrocarril mexicano rumbo al *Ypiranga*.

Huerta es de carácter agrio, insumiso. Madero se quedó con él y con varias de mis tropas. Grave error. Había que eliminar a todos los que sirvieron al *reino anterior*. Pero Madero y su vicepresidente, Francisco León de la Barra, lo eligieron, incluso, para combatir a los lazarillos: Emiliano Zapata y Pascual Orozco. Qué ironía que él sea el que combata a los contrarrevolucionarios del presidente en turno. Era obvio que mordería la mano del que le diera de comer.

Huerta había sido enviado por Madero, me cuenta Mondragón, al mando de la División del Norte. Allá derrotó a Pascual Orozco en Bachimba. También derrotó al licenciado Emilio Vásquez Gómez creyendo que estas reafirmaciones militares podían ponerlo en la gracia del presidente demócrata. Pero Madero, para entonces, ya había enloquecido de paranoia y en vez de exaltar al militar triunfante cuestionó en público su integridad y su responsabilidad de militar.

Era de suponer que en la primera oportunidad Huerta habría de hacerse justicia por su propia mano. El general Bernardo Reyes había sido fusilado en su intento por hacerse de Palacio Nacional por la mala. ¿Quién le quedaba a Madero? ¿Quién, si nada más su sombra era de fiar? Madero y Pino Suárez no habían podido, siquiera, completar un gabinete a la altura del que yo tuve.

México sufrió varios alzamientos por distintas causas. Por aquí Orozco, que combatía con dinero de los reaccionarios para hacer *su revolución*. Por allá Zapata, con ayuda y armas de sus correligionarios norteños y americanos. Más cerca estaba Bernardo Reyes, a pesar de haber sido el más fiel de mi ejército y haberse doblegado cuando preferí a Limantour para que me sucediera en el gobierno. ¡Qué listo ha de ser Huerta para fraguar desde el gobierno federal su propio triunfo: traición y asesinato, dinero y armas a la mano. No me cabe la menor duda de que la muerte de Bernardo Reyes haya ocurrido bajo su consentimiento!

Mondragón me dice que Huerta no colaboró en la toma de La Ciudadela. Ni en el fusilamiento de Bernardo Reyes, casi un suicidio, llevado a cabo por las armas del general Lauro Villar, quien también era de mis escuadras. Al parecer, la *suerte* protegía a Huerta para que poco a poco se fuera quedando con la presidencia de la República. En efecto, primero se había encargado de la contrarrevolución contra Zapata y Orozco; después Bernardo Reyes, su contrincante más fuerte, que quizá en una campaña cívica lo habría derrotado, murió ante Palacio Nacional, dejándole libre el camino político. Todo le cuadró a la perfección a Victoriano Huerta. Tenía el golpe militar entre los dientes y fingió ir por mandato de los senadores. En realidad, pretendía evitar la responsabilidad directa que le pudiera resultar, por su interesada intervención en este suceso.

Se aseguró de que todos, los del gobierno y los contrarrevolucionarios, estuvieran con él. Se apalabró con don Pedro Lascuráin, secretario de Relaciones

Exteriores, que desde aquel momento, por proteger las vidas de Madero y Pino Suárez, se dedicó a trabajar las renuncias de los mandatarios. Ayudó también a convocarlos para ponerlos sobre aviso respecto de la situación nacional. Félix Díaz era el que llevaba la comunicación con Estados Unidos, especialmente con el embajador Henry Lane Wilson, hasta que oficialmente fue desmentido por el presidente Taft. El general García Peña les consiguió la entrevista y Madero les reiteró que sólo muerto dejaría el poder. Estados Unidos los apoyó y Huerta se nombró presidente interino, a la espera de que abdicara el gobierno. Huerta hizo creer que eran los senadores los que lo iban a obligar a quitar a Madero y a Pino Suárez, quienes, aunque sí creían en Huerta, jamás tomaron una resolución concreta. Huerta formalizó con Félix Díaz el Pacto de la Embajada con el fin de dar el cuartelazo.

El terrible asesinato de Madero y Pino Suárez que, comentan, realizó mi yerno, tiene la cara de Huerta. Huele a Huerta, más que a Díaz.

Para Félix Díaz, mi sobrino, debió de ser una suerte el que Bernardo Reyes ya no existiera. En su cuartelazo varios reyistas inconformes con la revolución, se le unieron. En nombre propio, y a nombre mío, sé que hizo campaña. Después, gran parte de la sociedad mexicana, inconforme con los resultados de la revolución, casi por inercia, se hizo su partidaria. Aún tengo la duda de cómo fue que Huerta y Félix se aliaron para derrocar a Madero. Ya llegarán noticias que me aclaren las estrategias que emplearon. Lo importante hoy, al igual que hace más de cuarenta años, es ofrecer la paz que se requiere para reestructurar al país.

Le escribo a Mondragón que le exija a Huerta que pare las muertes, que lleve la paz. Le externo que lamento mucho la muerte de Bernardo Reyes. Ahora sí dicen que es una revolución. Madero lo logró, no en vida, pero sí con su muerte. Sólo la paz, la calma y la razón podrán salvar a México y le permitirán reordenar su administración pública y hacer que vuelvan a florecer sus inconmesurables riquezas.

Estoy ansioso por llegar a Italia y saber más noticias. Carmelita y sus hermanas tienen cara de luto. A pesar de que ya les comuniqué que Madero ha muerto, no me dicen nada. No les cuento nada. Estos últimos días en Egipto se me hacen eternos.

VI

En Roma, Hotel Bristol

18 de marzo de 1913

En cuanto llego al cuarto del Hotel Bristol escribo a Limantour. Quiero hacerlo porque estoy seguro de que no ha dejado de pensar en que, de haber conseguido sus fines de servir al gobierno interino de Madero, quizá él hubiera muerto en el estallido de La Ciudadela.

Al llegar a Nápoles me entero de que la prensa me busca. El derrocamiento de Madero significa, para todo el mundo, que tenía yo –como siempre– la razón. Que triunfa la contrarrevolución.

–Juró no hablar con la prensa, Porfirio –me recrimina Carmelita entre sollozos.

–No mientras México siguiera en caída libre, señora. Pero quizá la vida de los mexicanos cambie de rumbo para bien. Y podamos volver, señora mía. La guerra civil tiene que llevar de nuevo la calma al país. Quizá ahora me necesiten y tendré que responderles.

–De ninguna manera, general Porfirio. A mí ni en cenizas me regresa. Yo me quedo con mis hermanas aquí en Europa. Porque le recuerdo que México está saturado de traiciones, de amigos que cualquier día se vuelven enemigos. Además, todos creen que usted mandó asesinar a Madero.

Concedo, por supuesto, una entrevista al *Corriere*. Recalco mi preocupación por la familia Madero y los miles de abusos que se han cometido en pos de la *revolución* y la *contrarrevolución*. Les hago externo mi dolor por todas las familias que han sido afectadas por los malandrines que regresaron a asaltar caminos, a sabiendas de que la policía es inexistente en un país que se está peleando por el poder presidencial. Reitero que nada tuve que ver con tan terribles acontecimientos, a pesar de que mi sobrino esté al frente del movimiento. Les digo que esperaba que se firmara la paz. Que la paz era todo lo que México anhelaba.

–Mi gente no intervendrá para mal en el mandato de Huerta, al contrario, sé que si los llama colaborarán para resarcir al país, para poner el orden –les contesto a los tantos reporteros que me asedian.

No sé si la prensa me ha creído. Si el mundo me culpa, o no, de la muerte del miserable Madero. Tan fútil fue su mandato. Tan corta su vista. Dicen que fue Nacho de la Torre, mi yerno, quien tomó venganza en mi nombre. Tampoco puedo suponer que la gente de mi confianza que quedó en México, al ver el caos que reinaba tras mi renuncia, no se quedaría de brazos cruzados. Eso es obvio. Victoriano Huerta es de mano recia, que si lo conozco bien. Quizá la muerte de Madero era la única salida, me digo a mí mismo. Y luego lo comento con Carmelita.

–Quizá lo merecía –me dice Carmelita–. Por ingenuo. Jamás podría estar a su altura –me comenta. Pero tampoco confío en Victoriano Huerta. Es tan arrebatado y avaricioso.

–Con la muerte de Madero –le respondo– queda escrita la revolución. No con mi salida, sí con su muerte. Qué desdichados han de sentirse los que se unieron a su causa.

¡Qué hermosa la ciudad del Imperio! En Roma otra vez me hallo frente al acecho de los periodistas, esas hienas. Carmelita está muy molesta. Dice que no sabe qué cara debe poner por la muerte de Madero. En el vestíbulo del Bristol se dan cita varios reporteros.

–¿Qué puedo decir de un asesinato? Que siempre es febril, por serlo. Tan sólo espero que la paz regrese al país para que puedan progresar, otra vez –respondo ya cansado de escuchar las mismas preguntas.

–Señor, soy de *La Tribuna*, y nos preguntamos si usted regresará a México después de que fracasó la revolución del señor Madero –pregunta un turulato que se ve más exaltado que los otros.

–Claro que regresaré, en cuanto el país recobre su paz. Pero no como actor político, sino como un simple ciudadano.

Tras la entrevista experimento un cambio significativo de ánimo. Tengo la certeza de que regresaré al país. Carmelita sigue mi paso, entusiasmada, disfrutando, quizá, de nuestras últimas vacaciones por estos lares.

Ahora sí leo los periódicos con avidez. Mando traerlos de todos lados, devoro las misivas de Mondragón, quiero las noticias de todo el mundo. Intento reconstruir todo, estratégicamente, paso por paso, para entonces, prevenir y saber cómo ayudar a que México salga adelante.

La rebelión había comenzado en Tacubaya, secretamente, en las primeras horas del día. El general Reyes creía que era momento de poner orden, y sabía de la simpatía que le profesaba el pueblo. El general Manuel Mondragón lo apoyaba a él y a las ínfulas de mi sobrino, Félix. Fue entonces cuando el 2° y el 5° Regimiento de Artillería y el 1° de Caballería, al mando del general Gregorio Ruiz, quien estaba interesado en el éxito político del general Reyes, y apoyado por el general Manuel Mondragón, decidieron dar el golpe sublevando al ejército en contra de la presidencia. Trazaron una estrategia digna del cerebro bélico de Reyes: las tropas debían salir de la Escuela de Aspirantes. Tenían como primera encomienda liberar a Reyes de la cárcel de Tlatelolco, preso por su rebelión en Nuevo León contra Madero. De allí, debían hacer lo mismo con Félix en la Penitenciaría. Al mismo tiempo, parte de la tropa debía tomar Palacio Nacional, en donde estaban Madero y Pino Suárez. El desconsuelo, la inseguridad y el fastidio eran las constantes en todo el país. Todos sentían que iban en un barco sin capitán ni veleta. Su Plan de San Luis, el que me obligó a dimitir, se había ignorado; incluso creían que Madero no sabía ni lo que contenía.

Madero y Pino Suárez se vieron cercados sin apoyo alguno, ni de diplomáticos, ni de maderistas, ni siquiera de la servidumbre. Imagino que Madero estaba al margen de todo. Lo imagino sin leer la prensa, que él mismo en su momento había manipulado. Creo que no se percataba de lo que estaba pasando y lo dejó todo en manos de Pino Suárez. Quién sabe si se hubiera salvado de haber tenido a alguien leal. Algún hermano, algún amigo. Se creía que ahora los Madero realizarían un gobierno familiar. Pero ni eso les alcanzaba porque entre ellos se tenían malos sentimientos. Qué pena me da ver que ahora no se mataban, no se asesinaban en pos de un ideal de país, sino con saña y por deporte, para espantar al enemigo y hacerle saber quién tenía mano dura o blanda. Gustavo Madero, el hermano del presidente, fue asesinado por Huerta en un franco acto de salvajismo.

Huerta no era el hombre indicado para retomar el país. Pero no había nadie más con su fuerza. Sólo estaba mi sobrino, Félix Díaz, que quería ser presidente como si se tratase de una deuda de familia. Mondragón me cuenta que tiene la simpatía de muchos, incluyéndolo. Pero Huerta es más brillante. Él supo cambiarse de bando cuando mejor le convenía, y como el zorro, ninguno de los dos bandos lo vio venir. Por eso ascendió hasta la silla presidencial. Dice Mondragón que Huerta quiere imponer el orden *porfiriano* de nueva cuenta. Tras las aprehensiones del presidente y el vicepresidente, Huerta fue nombrado comandante de la plaza por el secretario de Guerra, el general Ángel García Peña. El mismo general que en Chapultepec hipócritamente se puso al servicio de Madero, quien había convocado a los cadetes del Colegio Militar para que lo apoyaran contra la rebelión. Huerta logró incorporarse al cuerpo militar que le prestaba seguridad a Madero. De pronto, el presidente tiene que refugiarse ante los disparos que están a punto de alcanzarlo. Huerta aprovecha para dirigir a los militares en defensa de Madero y casi toma el papel de jefe en guerra. Vitorea «¡qué viva el presidente!» y logra así calmar el desconcierto que le produce a Madero. Huerta, lo sé bien, tenía todo caminando a su favor, tan cerca del fuego pero sin quemarse, y con una cubeta de agua para apagarlo a la menor oportunidad.

México está ahora en manos de Huerta. Yo quiero confiar en él.

Regreso a mi Santa Elena, en París, después de varios encuentros y desencuentros en Niza, sobre todo lamento la muerte de Pierpont Morgan, el empresario norteamericano, amigo con quien coincidí en El Cairo. México sigue en ascuas y Victoriano Huerta no termina de socavar las revueltas en su contra. Recibo entusiasmado a mi hija Amada, siempre tan sola, quien ha llegado de México con el corazón en vilo.

Durante varias tardes, a la hora del té, me platica los pormenores de la muerte de Madero: yo estaba en lo cierto, uno de los empleados de mi yerno rentó el auto en el que le dieron muerte.

Recuerdo a mi yerno y no me queda la menor duda de que lo hizo en mi nombre. Me la debía. Hacía ya casi quince años que a don Ignacio de la Torre y Mier, el hacendado y el *yerno de su suegro* se le fueron las cabras al monte. A mí me caía bien. Sobre todo porque no reparó en casarse con Amadita, aunque ésta fuera hija natural de una india. Por eso y porque venía de familia trabajadora y tenaz. Su familia era acomodada. Su padre Isidoro Fernando José Máximo de la Torre Carsi daba trabajo en sus fincas a más de ochocientas familias. Amadita se empecinó con él «por su refinamiento», me dijo.

–Cuando estoy con él, siento que me codeo con gente de la realeza, es tan pulcro y educado.

Miserable mi hija, nunca le conté, pese a los rumores, de la noche de un noviembre de 1901, cuando tuve que sacarlo de la cárcel por andar de travestido. Muy serios hablamos en mi oficina de Palacio, dos o tres días después.

–Mire, don Ignacio, no quiero escuchar explicaciones de cómo es que andaba usted de *mujerón* con esos otros cuarenta malversados. Quiero suponer que es porque les estaba tendiendo una trampa para hacerlos venir con mi ejército a hacerse hombrecitos.

Nadie volvió a tocar el tema. De repente salía el comentario entre *mis* senadores y diputados, el chiste de *la noche de los 41*. Pero bastaba con una mirada mía para que todos en el salón se encogieran como los maricas que criticaban.

Mi hija Amada fue tan infeliz a su lado, lo sé bien. Pero nunca se atrevió a denunciar *amaneramiento* alguno por parte de su esposo. Yo le conté a Carmelita, con el fin de que se acercara a ella y le dijera cómo hacer los deberes de esposa, pero Carmelita rechazó la petición.

–Nomás eso me faltaba, que tuviera que instruir a tu hija en sus deberes de mujer. Con el genio que ella carga, seguro me gano una bofetada –me contestó iracunda.

Los dos vivían de sus otras pasiones, pero no compartieron alguna. Ignacio con sus caballos, a quienes cuidaba cual si fueran sus propios hijos. Amada entretenida con las fiestas y los eventos de sociedad, disfrutando de las lisonjas de ser la hija del presidente.

Temo que no queda duda, Ignacio sacó su hombría para defender los miles de acres que poseía y que sabía, le serían expropiados por Madero. Nadie más que él podría haberlo odiado más por arrancarle la cómoda vida a la sombra de mi mano. Ver a sus caballos en garras de los revolucionarios creo que le dio la fortaleza que necesitaba para hacer algo *verdadero* en su vida. Así, no sólo me había vengado al ordenar al mayor Francisco Cárdenas que aprehendiera a Madero y a Pino Suárez para llevarlos a Lecumberri.

–Fue él, papá, Ignacio de la Torre y Mier el único en tener el valor de terminar con la farsa de la revolución que nos tenía ahorcados –me comentó Amada en un tono irónico y doloroso.

–¿En dónde está ahora, Amada? –fue lo único que pude decir ante la historia completa.

–Se fue a ocultar a una hacienda, pero yo me vine en cuanto pude, escondida y con la esperanza de volver a verlo –me dijo queriendo darme un abrazo, pero no lo hizo porque no lo acostumbramos.

Con las pláticas de Amada me duermo pensando en el México que renacía tras el imperio y luego el gobierno del señor Juárez. Vuelvo a esos días porque Amada, mi querida hija, nació entonces. Verla después de estos meses me devuelve la paz que sólo sentía en Oaxaca, en mi querida Noria, cuando me retiré en paz para cultivar la caña de azúcar tras el triunfo del señor Juárez. Fui recibido como son acogidos los héroes cansados de la guerra de años. Sólo en esa calma pude casarme con Delfina y pudieron nacer mis hijos –y morir los más–. Mis tres hijos incluyendo a la natural Amada, que siempre fue la hija del destino. A mi Amada nunca le gustó que habláramos de su madre, porque le pesa el origen de su nacimiento. La recogí en el batallón del señor Álvarez cuando la tuvo

Rafaela. La tuvo así, a pulso, en medio de la revuelta contra el imperio. Allí solita, entre los caminos de tierra la expulsó.

–Tome a su hija –me dijo con el cordón umbilical todavía colgándole–. Tómela que yo tengo que alcanzar al general Álvarez para darle un mensaje –agregó mientras se arreglaba las enaguas.

Nunca más supe de Rafaela. La niña y yo regresamos a Oaxaca, a mi casa, en donde tuve a bien casarme con Delfina, tan dulce. Amadita siempre supo que no era de Delfina, como sus otros hermanos. Pero creció como si nada. Cuando me ha reclamado algo respecto de su origen, yo siempre le he dado la misma firme respuesta:

–Eres más hija mía que el propio Porfirio, porque yo te elegí para ser mía.

Delfina y yo fuimos felices el poco tiempo que quiso la vida dejarla a mi lado. Yo digo que murió de tristeza, de tanto entierro. Su vida era de la casa. Nada de quedar bien con nadie ni hacer reverencias. Esos días en Oaxaca los viví bajo las órdenes del iracundo gobernador, mi hermano Félix, a quien salvé tantas veces hasta que le llegó la muerte. Oaxaca, el centro de México, en donde la sangre hervía y los machetes se escuchaban como un avispero continuo. Oaxaca, tan liberal y tan cristiana. No olvidaré cuando en 1870, los juchitecos atacaron a un contingente oficial y Félix, personalmente, decomisó la imagen de san Vicente Ferrer, regresándola mutilada y ordenando el cumplimiento de las Leyes de Reforma. Conductas como ésa le ocasionaron la muerte un año después, en manos de los mismos que él atacó, y ya cuando él y yo estábamos metidos en la Revolución de La Noria. No podría dejar al lado de mis recuerdos en Oaxaca a Ignacio Manuel Altamirano, Vicente Riva Palacio, Manuel Payno y Velasco; todos ellos engrandecieron aquella región con sus ideas tan liberales y nuevas.

Félix sigue en el país, merodeando qué hueso tendrá. México sigue en revueltas. Ahora algunos lo acusan de traición y enaltecen a Madero.

Durante estas noches cuando sobre mí pesan miles de muertos, aunque no de mi propia mano, me doy cuenta de que aun de lejos y contra mi voluntad tuve que ver con estos terribles desenlaces de la historia de mi país. Quizá cuando muera, México por fin pueda olvidarme.

Ruego que los jóvenes se envalentonen y ayuden a Huerta a reconstruir el país. Con Amada y Carmelita caminamos entre los lagos de Suiza. Los tres reímos y siento, por primera vez desde que llegué a Europa, que esto no es un castigo, sino un descanso merecido. Pronto regresaremos todos a México y los episodios pasados habrán sido sólo una escena más del joven país que no acaba por entenderse.

A nuestro regreso al Hotel Astoria nos llevamos todos una sorpresa: Félix, mi sobrino, ha llegado de improviso a París y me ha de quitar todos los ánimos y sueños que, a partir de la respuesta que le había dado a *La Tribuna*, atesoraba en la cabeza. A sabiendas de lo mucho que tiene que contarme, le pido que me acompañe en un viaje a Biarritz, fuera del alcance de la prensa y lejos de los cuchicheos femeninos.

–Vengo porque a pesar de que yo hice el Plan de La Ciudadela, señor tío, Victoriano Huerta tiene una visión más corta que el propio Madero, pero con más agallas –me dice como si hubiera ensayado cada palabra.

Durante los próximos días, he de escuchar de las vejaciones que el general Huerta está propinando a cuanto susodicho se le pone enfrente o le disgusta.

–Ahora nos desdeña a nosotros, los que le ayudamos. Están conmigo Justo Sierra Mayora, Rodolfo Reyes y Enrique Fernández Castelló. Se suponía que sería interino y que habría elecciones. Y ahora pretende hacer desaparecer a cualquier contrincante, y yo soy uno de ellos. Por eso han querido, tramposamente, enviarme lo más lejos que se les ocurrió, que es Japón, dizque a dar las gracias por lo enviado a la fiesta del Centenario.

Suelto una carcajada ante la idea de Huerta de enviar a Japón a Félix. Mi risa dura varios minutos y hasta detengo el paso para calmar mi palpitante corazón.

–Y entonces, te has equivocado de barco y llegaste aquí –le digo palmeándolo.

–Tío, si tú me apoyas, si externas tu consentimiento para mi candidatura, estoy seguro de que podría tener la presidencia. No sabes cuántas familias te extrañan, hablan de los tiempos en los que tú gobernabas, cuando no había un muerto en cada esquina. Hablan de tu calidad y porte y se burlan en los periódicos de Huerta.

–No lo sé, Félix. Después de tanto dolor, tanta sangre, tantos muertos por su dichosa democracia, no sé si lo mejor sea alguien que se apellida igual que yo para dirigir al país.

La tranquilidad de esos días de finales de verano le cae bien a Félix. Hablamos de sus planes de gobernar y de la manera en que puede lograrlo. Recordamos a su padre, el Chato, y las travesuras que hacíamos de niños. Recordamos Oaxaca y la Escuela Militar. Llega su esposa Isabel llorando para contarle que su hacienda Los Borregos ha sido expropiada. Es una lástima que pase a manos del gobierno, nos lamentamos. Se decretó por orden del general Lucio Blanco entregar la propiedad a quienes no contaran con tierra que labrar. Se va a repartir a los campesinos con el compromiso de pagar la vigésima parte del precio total cada año durante los próximos veinte: un reparto agrario.

Esa noche, entre los sollozos de Félix, me fui a dormir pensando en el reparto de la tierra. En voz de la igualdad habrían de robarles las propiedades a los hacendados para repartirla a cambio de pagos a medida de su cosecha. Huerta no pensaba rehacer las cosas como en el Porfiriato. Iba por otra vereda. No podía imaginar el atropello de ver las tierras divididas. ¿Qué pasaría con la producción de algodón o de maíz si cada quien tiraba para su propia carreta?, ¿cómo iban a ir hacia un solo objetivo, cómo saldrían adelante si los nuevos dueños no sabían qué hacer con la cosecha además de ingerirla o utilizarla?

Creo que la situación de Huerta está aclarada, sobre todo con respecto a Díaz, él no conoce de tratos o lealtades y Félix le estorba.

Al otro día, en la colación me dice Félix que ha decidido, con más valentía, regresar a poner orden en el país.

–Regresaré a quitar al usurpador Huerta y devolveré a la gente mexicana el prestigio y el crédito en el extranjero. Huerta se está ensañando, sobre todo si de americanos se trata. Ya me llegaron noticias de que Estados Unidos está a punto de declarar otra guerra por el mal estado de las relaciones exteriores.

Félix y su esposa están exaltados. La barbaridad de su hacienda le ha inyectado más furia por regresar y quitar a Huerta de la presidencia. Pero yo creo que ya es demasiada lucha, demasiada sangre, demasiado hastío.

–Tío, estoy seguro que de apoyarme tú, desde aquí, lograré el triunfo y ustedes podrán regresar tranquilos bajo mi mandato –me platicaba Félix extasiado, arrebatado, incansable. Pero yo de repente he comenzado a sentir que el mundo entero descansa sobre mis hombros y que ya no puedo más.

Insiste, gesticula. Quiere convencerme aunque sabe que es imposible.

–Tío, usted recuerda los años en Oaxaca cuando mi padre era el gobernador. ¿Cómo era él? Irracional, cierto. No escuchaba y se vengaba de todos. Pues bien, Huerta es el triple de salvaje. Nadie puede entablar con él conversación alguna. Los del Ateneo ahora «de México» están asustados ante la rapiña y el desorden. Ante la falta de garantías y de respeto. Las familias acomodadas han recibido todo tipo de abusos, crueldad y sobajamientos.

Cada vez que Félix termina una frase siento que tengo un latido menos en el corazón. Empiezo a escucharlo sin contestarle porque con toda la intención lo oigo mal.

–Tenemos que restaurar la honra de la familia, no son pocos los que me apoyan. Huerta me quiere desaparecer, ahora te está negando. Ensuciándote, quizá aún más que el propio Madero.

Pobre Félix. Yo ya no creo que pueda hacer mucho en un país que se ha vuelto loco. No habla de otra cosa, aunque nadie le responda. Habla solo, abatido, desesperado. Ha decidido regresar con su leal Isabel a la boca del lobo. Lo despedimos Carmelita, Amada y yo. Sabemos que no nos volveremos a ver, quizá porque yo no dure o él no logre lo que tanto desea: retomar el camino para México. Ahora sé que nunca más he de volver a mi tierra. Ahora, por fin, lo sé.

VII

En Santander
16 de septiembre de 1913

He de repetirlo una y otra vez: me pude haber quedado. Uno o dos años de guerra me hubiesen bastado para aplastar la revolución. Ahora estoy aquí, solo y olvidado. Con la compañía de mis recuerdos, con cientos de cartas que siguen llegando como un monumento cotidiano a la nostalgia, esa maldita que no deja vivir en paz.

Carmelita me ve triste y sugiere, juguetona, un nuevo retrato para colocar en la casa que adquiriremos en Francia.

—El retrato de la nueva vida —me dice.

—El del exilio —le respondo.

Conseguimos a Joaquín Sorolla para realizarlo. Después, cuando lo termine, sé que he de despedirme de mis sueños de ver recuperado a México. Más que un retrato es un mausoleo en óleo. Quiero vestirme en absoluta soledad. Le pido a Carmelita que no me ayude y abotono cada uno de los ojales de mi uniforme verde olivo de general de división del Ejército de México. Será la última vez que luzca en medio del pecho las medallas. Aunque si se necesitara, yo volvería a vestir como general para salvaguardar la paz de la República Mexicana.

Me reconozco en el espejo, garboso y con energía y fuego en la mirada. Me veo en los días limpios y despejados en que nos encontrábamos contra el enemigo, buscando conocerlo para darle justo en el corazón. Los días de artillería me emocionan al recordarlos. A todos los jefes y guerrilleros, los tengo entre ceja y ceja. A cada cuartel donde estuvimos realizando estrategias, lo guardo en el olfato. Las colinas de Oaxaca y las montañas y cerros de Puebla reaparecen en mis memorias. La caballería fiel que nos ayudaba a fugarnos de la muerte será siempre honrada. Los batallones desesperanzados y luego, como de milagro, vueltos a renacer para ganar las guerras, quedaron para la historia. Los chubascos que estropeaban las estrategias y las sierras que nos hacían perdernos en sus laberintos de árboles bautizaron el futuro libre de la nación. Los campos descubiertos por el sol del otro día, sembrados de cadáveres enemigos y algunos amigos, aún aparecen en mis pesadillas. Cuando recuerdo la bravura y el entusiasmo de los más jóvenes del Colegio Militar, siento como si hubieran sido procreados por mí. También añoro escuchar la sabiduría y cautela de los más grandes generales para trazar caminos. Las plazas tomadas, los pueblos sublevados: el país en paz. Líneas de batalla trazadas a la perfección por mi mano, no tuvieron jamás pérdida alguna. Por eso logré establecer lo que nadie pudo. Vengar a los que nadie quiso. Ofrecer lo que se veía lejano. Este general entregó, desde el primer día hasta hoy, la vida por su Patria. La vida a cambio de ver ondear la bandera. La guerra por la paz.

Amada y Carmelita están de buen ánimo. La venida de Félix y las noticias funestas que a diario se escuchan sobre la situación de México les quitan la incertidumbre apostándole a lo peor. Huerta ha sido, espero, la última estaca que la nación necesitaba para morir entre la violencia y el desamparo. La usurpación del poder y su cinismo han provocado que, ahora sí, todos estén contra todos. Que nadie se reconozca. Que no se confíe en nadie.

Están los enojados revolucionarios que se sienten agredidos por la infamia del asesinato de Madero y Pino Suárez. Están los revolucionarios que sabían que era necesario que Madero dejara el poder porque *pretendía* establecer una dictadura familiar por medio de su hermano. Están los revolucionarios democráticos que seguían a los hermanos Flores Magón creyendo que la democracia es un don que se arrebata. De la misma manera y en el mismo territorio se disputan los mexicanos que añoran mi Porfiriato. Los reyistas que se sienten abandonados y traicionados. Están los que creyeron en Huerta y hoy se sienten desamparados. Los que no saben por dónde filtrarse para quedar bien con Huerta y no caer presos o asesinados. Todos los mexicanos en un mismo territorio viéndose las caras para descubrir quién será el primero en desfundar el arma. Comparto con mis mujeres la creencia: México se ha perdido.

Me convence Amada, auspiciada por Carmelita, de rentar un automóvil para llegar al puerto de Santander más rápido. Amada se embarcará y nosotros dos, siempre los dos, pasaremos otras semanas mientras el sol se quede en Biarritz. Yo le desconfío al automóvil por haber nacido así de improviso y de pronto hacer a un lado a los fieles caballos.

–¿Quién conducirá, padre? –me pregunta divertida Amada–. Yo opino que usted no debería porque no es un caballo al que pueda ponérsele al tú por tú.

Nos entregan un automóvil Renault. Mi vista y mi memoria están cansadas y Amada dice que ella es muy buena conductora. Acepto a regañadientes que ella maneje porque por más modernidad que signifique esta máquina, no le confío a quien de cerebro carece. Sé que para Francia este invento significó la entrada en el mundo como potencia económica. Incluso, sé que ha convencido a Nueva York de comprarle más de mil automóviles para que se luzcan como taxis. Pero es un negocio que tarde o temprano pagará por las víctimas que arroje. O ¿quién va a responder por tanto muerto bajo las fastuosas llantas a una velocidad de trece millas por hora? Carmelita y Amada anudan sus pañoletas para que el cabello no les vuele. Me aprieto el cincho del pantalón para no hacer desfiguros si salgo volando.

Comenzamos una travesía por las fronteras de Francia rumbo a Irún para cortar camino; yo voy con las uñas sostenido de los lados del sillón en donde apenas quepo. Las mujeres dicen que van cómodas aun y con sus vestidos ampones. Me mandan atrás para que esté a mis anchas y Carmelita toma el asiento del copiloto. Las curvas son muchas y Amada es un peligro al volante. Da las vueltas como si fuera un caballo de carreras que salta obstáculos. Ríe cada vez que endereza el carro y ve mi cara a punto de vomitar. Carmelita le sigue la risa pero le noto, igual, cara de mareada. Los paisajes atestados de árboles en colores bermellones se deshojan a nuestro paso.

—Tenga cuidado, Amada, que estas ruedas son más frágiles que las de las carretas. No se vayan a salir de su riel. Por algo un caballo nunca despega las patas de la tierra, Amadita. Prefiero ir a pata que seguir con esta bestia –reniego mientras trago bocanadas de aire cual si fueran puercos enteros entrando por mi boca. Ahora, mis recuerdos van más lentos que esta máquina y creo que pronto voy a morir.

Mientras andamos el Camino de Santiago, reitero la santidad de quienes lo recorren y me aseguro que ninguno de ellos, por más orate que esté, lo andaría en una máquina. Al mismo tiempo y viendo qué tan frágil es mi vida ahora, me doy cuenta de cuánto he vivido. Las muchas cosas que mis ojos han visto pasar. Cuando era niño no imaginaba que una tabla pudiera andar tan largos tramos sin la guía de un caballo. Todavía recuerdo las carretas que en la maderería armábamos añorando ser nosotros los que algún día paseáramos dentro, como todos unos catrines. Sin imaginar que un día una mujer, mi hija, llevaría el volante de un carro que no es tirado por nadie, sino por la fuerza interna del petróleo.

–Creo que ya he vivido todo –les digo muy serio a las risueñas de adelante.

–No, le falta vivir sin pensar en nada ni en nadie, más que en usted y en Carmen –me responde Amadita.

–Sí, estos días han sido para eso. Pero precisamente hoy, el peso de los siglos cae en mis hombros. Ya visité todos los mundos y todos los reyes me han convidado de sus banquetes. Viví en todos los sectores sociales. Fui amigo de toda clase de ser humano. He visto hacerse la luz con un apretar de dedo. Traer agua al instante en un edificio alto. He oído voces de los que están en otro lado con tan sólo un micrófono. He recibido noticias instantáneamente, casi al tiempo en que los hechos se dan. Ya nada podría asombrarme, porque he sufrido todo lo sufrible y disfrutado de todos los placeres que la vida puede dar. He tenido en mis manos la vida y la muerte de millones de personas. ¿Quién hubiera creído que un día estaría en un carro sin caballos y a la orden de dos damas?

–Usted ha vivido mucho –me dice Carmen mientras se ajusta el velo en el cuello para sostenerse los rizos que le vuelan con lo rápido que va Amadita–. ¡Y todavía le falta vivir más! Será usted como Matusalén. Ya lo veo corriendo con sus biznietos en las playas de Côte d'Azur.

–No, Carmelita –le respondo sin mirarla y perdiéndome en el follaje rosicler–, estos huesos han sostenido una nación, estas manos la vistieron, la curaron, le dieron de comer y la tranquilizaron. Estas manos ya no me responden igual, no pueden sostener ni un bastón por mucho tiempo.

–No diga cursilerías, padre, que nos falta la revancha –me dice Amadita, al tiempo que da un volantazo para rodear la colina y suelta una carcajada.

–Yo me bajo aquí, Amadita. Y las alcanzo en el siguiente pueblo, o en Biarritz, si es preciso. Que estos ajetreos no han de ser del agrado del doctor Escobar. Ustedes sigan para adelante, que más tarde seguro nos encontramos.

Está llegando el ocaso y me identifico con él. El sol, omnisciente, está cediendo su lugar a la oscuridad y a otros astros para iluminar el cielo. Se despide magnánimo, insuperable. Todo el mundo se da cuenta de que se está yendo y sabe que no verá igual sin su presencia. Su vida cambiará mientras no reaparezca.

Lo ideal hubiera sido despedirme de todos. Decirles que hice todo porque fueran fuertes, independientes, queridos, respetados por todas las naciones del mundo, identificables, felices: democráticos.

–¿Qué pasa si yo me quiero bajar? Dígale a su máquina que me baje, con un demonio, que mis últimos días se van a ir aquí de tan rápido que vamos –les grito ya enfurecido, pero las damas sólo se sostienen sus pañoletas y aprietan el paso. No entiendo qué me enoja o me pone como energúmeno del automóvil. Yo, el adalid de la modernidad y de la máquina. No puede ser la velocidad, no. Tal vez es el hecho de que Amada maneje, de que yo no cabalgue, de que no tenga el control. Tal vez ni siquiera sea eso, sino que me he vuelto un anciano. Y como todos lo viejos, no tolero lo nuevo.

Absurdo, yo que hice de la novedad un evangelio.

Después de un rato Carmelita ya ni siquiera escucha mis súplicas: se ha quedado profundamente dormida. No lo puedo creer y le digo a Amada que vea si está bien, porque me parece imposible que duerma con ese vaivén tan drástico.

No alcanzo a ver bien los campos segados de cereales. No sé ni cuándo pasamos Los Pirineos y no escucho nada de lo que comentan Amada y Carmelita. El frío me hace rechinar los dientes, un frío ocasionado por el viento que me azota la cara.

Amada frena como las mulas cuando en pleno galope se topan con un precipicio: rechinando las ruedas y lanzándonos hacia adelante y hacia atrás de un tirón, todo en dos segundos. Estamos salvos, hemos llegado. Alcanzamos a divisar el mar y su arena: el golfo de la Vizcaya. Yo les suplico que me dejen bajar y que con bastón las alcanzo para recuperar el aliento y acordarme de quién soy, inmóvil, frente al agua.

Hemos recorrido muchos kilómetros y quisiera recuperar el alma antes de retomar el viaje. Quisiera dormir cinco días. Carmelita me prepara un té de flores y Amada sale a dar un paseo. Yo no quiero despegarme de la cama y creo que estoy enfermo. Carmelita me regaña diciendo que exagero porque no me gusta viajar en automóvil. Pero no me comprende, ni me comprenderá hasta que no tenga mi edad y mis heridas. Me pasa la mano por la frente y me dice que sanaré mañana que visitemos el Palacio de la Magdalena. Amada regresa feliz de su excursión. Ha sido reconocida por algunos transeúntes y me han mandado saludar. Me duermo, pues, en paz.

–Porfirio, levántese que nos espera el alcalde Leopoldo Gutiérrez y Roberto García para compartir el almuerzo –me dice Carmelita sin un dejo de dulzura.

Vamos caminando rápido para llegar en punto de las nueve horas cuando prometimos vernos para el paseo. Leopoldo me estira su mano y me toma para caminar con ventaja frente al resto del grupo.

–Mi querido don Porfirio, sólo quiero externarle que el dinero está listo por si usted quisiera adquirir alguna vivienda aquí en nuestra ciudad –me dice en un susurro en mi oído sano.

–Gracias, don Leopoldo, pero todavía estoy pensándolo –le respondo cortés.

–He escuchado noticias no muy halagüeñas de su país, don Porfirio. Algo así como que casi quisieran no haberse separado de nosotros jamás –me dice en tono de chiste, pero cambia rápido el semblante cuando ve que frunzo de más mis pobladas cejas.

Después, andamos por el Palacio de la Magdalena, casa de verano del rey, tratando de alargar las horas con Amada. Al llegar al puerto para abordar el trasatlántico, Amada me dice al oído que ella es feliz de verme a salvo y bien. Yo le respondo con un apretón en el hombro. Hay una revuelta de clases sociales en el punto de abordaje por cuestiones sanitarias. Siempre hay clases. En todos los rincones de la Tierra hay clases. Lo importante de ello es darse cuenta a tiempo y salir hacia adelante. Amada toma una embarcación que la ha de depositar en el barco, millas más adelante. Con su pañuelo blanco regresa nuestros saludos. Sólo nos unirá el pensamiento y los recuerdos de estas semanas. Ella regresa a ser la señora de don Ignacio de la Torre, yo me quedo a recordar al que fui.

VIII

En París, 23, Avenue du Bois de Boulogne
Primavera de 1914

Ahora, después de tanto tiempo, vuelvo a tener una casa. Este pequeño apartamento es mi hogar. Me he cansado de vivir en hoteles. Es redundante decir que estoy viejo. Soy un anciano que se resiste a morir, cuando todos los que lo rodearon ya han muerto.

Carmelita está enojada. Apenas si vuelve la mirada cuando me trae el té. Dice que anoche yo deliré nombrándola Delfina. Jura que cuando abrí los ojos y me percaté de que no era Delfina, entonces la llamé Petrona y la mandé a buscar mis botas porque no tardaba en llegar el general Álvarez para hacerme una encomienda.

Después de varias horas, ya que me había amargado la colación, hasta entonces me contó la anécdota de mi confusión. Yo reí, o sonreí, para no hacerla rabiar más, pero ella no asomó ni la más mínima mueca de condescendencia. Echaba chispas por esos ojos almendrados y le contaba a todo el que tuviera a su alcance mi terrible equívoco.

−¿Que cómo dormí? No dormí nada. ¿Cómo quiere usted que duerma algo, si este señor que lleva casado conmigo toda mi vida se olvida de mi nombre y me llama por el nombre de sus mujeres pasadas? −le platicaba iracunda al hombre que nos deja la leche en el dintel todas las mañanas, y que se animó a preguntarle que cómo había pasado la noche.

Mientras ella se queja con el lechero yo trago el agua dulce con hojas de azahar y un pedazo de pan negro con mermelada de fresa. Mojo el pan en el agua –porque Carmelita no me ve– y recuerdo la leche bronca que todas las mañanas que pasó conmigo me traía la dulce Delfina, mi esposa, la madre, mi sobrina: la niña. Era abril, como lo es este mes. Con un clima sofocante cuando la hice mi esposa. Mi amigo Manuel Ortega no chistó en hacerse su padre con el fin de que las almas timoratas no me pusieran algún pretexto, ya que yo era su tío en línea directa, hija de mi hermana Manuela. Pero esas sandeces me tenían sin cuidado porque Delfina, desde que era una niña, tenía tal afición a mi persona que no cabía duda de que podía ser la madre y esposa ideal. Y no me equivoqué. Delfina fue la mujer ideal en las noches en que procreamos ocho hijos. De día no era tan atractiva, era ojerosa y enferma, triste a veces, siempre atenta a mis necesidades, pero lánguida porque se iban muriendo uno a uno cada hijo que daba a luz. Era el destino que sólo le quedaran vivos Firio y Luz acompañando a Amada, mi hijita natural. El resto de las noches no estuve con Delfina, yo me enfrasqué, delirante, con Félix realizando maniobras y campañas para relanzar nuestro Plan de La Noria, intentando zafarnos del pie que el señor Juárez nos ponía sobre el cogote.

Carmelita se sienta a tomar un vaso con la leche que recién nos han traído.

–¿Ya no estás amohinada, Carmelita? –le pregunto divertido.

–Mire, no me pregunte ya nada al respecto y apúrele a terminar su colación que el doctor nos recomendó una caminata en la mañana, y el sol de este mayo amerita tomarlo temprano –me responde sin verme a los ojos.

–No señora, vaya usted, que yo no voy a salir de esta casa. Hoy me quedo aquí –le respondo al tiempo que me paro y busco mi silla más cómoda para instalarme y no salir de allí nunca.

Carmelita se me queda viendo fijamente y quiere decirme algo, pero se traga las palabras y se levanta nerviosa de la mesa. La mermelada que recoge huele como las guayabas que desayuna mi padre todas las mañanas. El pobre está tan enfermo de la fiebre. No me dejan verlo y sólo me llega el olor de los ungüentos y la guayaba a punto de madurar. Como no me permiten verlo, ahora yo quisiera atender a sus animales como él lo hace. Pero mi hermana Manuela no me deja acercarme a las mulas porque me vayan a dar una patada. La gente sigue llegando con sus animalitos heridos y enfermos para que mi padre se los cure, pero él no puede pararse y mis hermanas los toman a su cuidado. Dice que quiere ir a la iglesia porque le toca la confesión, pero mi madre no lo deja, no vaya a ser que se caiga. Yo todo lo miro desde mi rincón para que no me corran. No quiero dejar de verlo, así quizá no se vaya, porque mi madre y sus comadres dicen que no tarda en despedirse. De repente, todas las mujeres corren despavoridas, sacan trapos mojados. Se tapan la cara. Lloran. Mi madre, descompuesta, se sienta y yo me le arrojo a las enaguas para que me cargue, pero Manuela me quita de su regazo y me lleva a jugar afuera.

Después veo a mi padre cuando me subo al árbol de zapote o cuando me trepo a un borrico, pero nadie me cree y me dicen que no diga mentiras y que mejor rece una jaculatoria por su alma. Lloro. Las lágrimas me ruedan porque no me creen que mi padre habla conmigo sobre los caballos, que son el mejor medio de transporte porque a veces hasta vuelan como las aves. Carmelita llega a limpiar mis lágrimas y me obliga a pararme para salir a dar un paseo. Me dice que me hará bien porque el sol afuera brilla como nunca y yo le digo que está bien pero que no se olvide de darle de comer a los caballos porque yo no pude hacerlo. Ella nada me responde y me toma del brazo para caminar.

–Sabes, Carmelita, que los jefes del pueblo vinieron a la casa a poner una marca enorme color amarillo en la puerta porque mi padre ya no está con nosotros. Los niños me dicen que es porque murió de epidemia y así es más fácil contar cuántos van.

Carmelita hace una mueca que no sé si es una sonrisa o un gesto de misericordia. Salimos a caminar al bosque, despacio, viendo cómo se filtra el sol por los árboles de París en pleno agosto. Ya es agosto y no sé ni cómo se fueron los meses.

–Al rato van a llegar Firio y sus hijos, Porfirio, para que les platique cómo se siente y si es necesario que otro médico lo revise –me dice muy seria, mi Carmelita, que hoy, ahora, se ve más bonita que cuando se casó conmigo.

Regresamos de la caminata, corta y reconfortante. El aire del bosque francés me hace bien, me relaja. Entro a la casa, mi casa por fin, y me siento a esperar a Firio. Pido café y Carmelita a regañadientes me lo sirve porque dice que «todo eso» lo tengo prohibido. Mientras sorbo poco a poco el humeante café se me antoja seguir la ladera entre los dos montículos de tierra del cuadro de José María Velasco que pende del corredor. Imagino que galopo con el sol encima y la carga a cuestas. Corro tan ligero para mis veintisiete años, deseoso de servir al capitán Vera para combatir al Partido Conservador y a la Iglesia, a la que poco le importa la suerte del pueblo con tal de recuperar su poderío. De entre los arbustos amarillentos, sobre la tierra árida y el cielo impecablemente azul, surge el estallido de los fusiles sin bayonetas. El ruido proviene de Ixcala. El teniente coronel Velasco se apea en uno de los cerritos que se dibujan en el cuadro para reconocer al enemigo, nosotros lo esperamos abajo, cansados y sudorosos. Cuando baja tiene el rostro descompuesto y nos dice que mejor nos retiremos porque el enemigo nos supera en número y armas.

–Ellos traen bayonetas y más caballos que los que nosotros tenemos. Por favor, hagamos la retirada lo más rápido posible y nos vemos en dos horas en Ejutla.

Me hizo rabiar la irresponsabilidad del coronel Velasco. Le di la orden a mi tropa de seguirme para la retirada y cuando ya estábamos lejos del acongojado coronel les recordé a todos y cada uno de mis hombres que teníamos un juramento con la bandera, la cual era puesta en segundo lugar por la bendita Iglesia. Todos dieron un grito de enjundia y salimos para el pueblo con bayonetas por delante y con el deseo de quitar de en medio a los retrógradas conservadores. En ese momento me salió del lado derecho el enemigo a cargo de Pedro Gazca atravesándome las costillas con una bala que me tiró del caballo ocasionándome una peritonitis aguda. Sin embargo, me incorporo con el dolor y las quemaduras a flor de piel. El dolor me apesadumbra cuando toco mi costado. Como instinto me retuerzo y me doblo sobre mí al recordar que todavía anduve un tramo sobre el caballo con la bala atravesada. La batalla continúa con mis hombres envalentonados dándole muerte a Pedro Gazca. A pesar de la ardua lucha que dan los contrarios, aún con machetes en mano, se retira el enemigo, ahogándose muchos en el río. Yo al ver su salida me tiro, ahora sí, del caballo, y me quedo allí hasta que mi gente me auxilia para llevarme con el doctor Montiel para que detenga la hemorragia. De inmediato buscan en el pueblo a un indio que había sido preso por ebrio y aprendió en esa travesía de curaciones en el hospital San Cosme. Ya después, el señor Juárez ha de mandarme a Cacahuatepec en una camilla para encontrar al doctor Calderón y curarme del terrible dolor que me dobla. Hay que seguir a caballo y como puedo llego hasta Oaxaca para que, en vano, busquen la bala. Nunca la encuentran y, sin embargo, la sigo sintiendo entre las costillas. Después ha de resolver Comonfort que todos han de morir por la dictadura y el señor Juárez es nombrado vicepresidente por ser el presidente de la Suprema Corte de Justicia. Yo me quedo a recuperarme en el convento de Santo Domingo y desde allí sigo estipulando órdenes y maniobras para respaldarlos. Me quedan más vidas.

Carmelita no me cree que me duele la costilla.

–Esta desgraciada bala se está haciendo sentir y quisiera arrancarla –le digo al tiempo que suena el timbre y Carmelita se para rápido como con el deseo de contestarme nada.

Mientras me sobo el costado cuento las piedras que Velasco pintó en mi cuadro de Oaxaca y siento el sopor de esa tarde allí congelada.

–Padre, ¿cómo sigue? Me dice Carmelita que ha tenido varias recaídas. ¿Ha escuchado las noticias sobre la guerra?

–No has traído a los niños. Con quién los abandonaste. Hubieran jugado aquí en el bosque. Sí, he escuchado las noticias. Veo que Francia ingenuamente cree que derrotará rápido y sin problemas al ejército del káiser. Escuché que las tropas vienen entrando por Bélgica y no se augura nada bueno. Veo a muchos hombres alistándose en las filas del ejército francés con ilusiones de derrotar a los alemanes en una sentada. Pero tendrían que estar ya en la frontera porque se van a ver sorprendidos por la rapidez y exactitud del ejército alemán –asiente y le pide a Carmelita un vaso de agua.

El calor de agosto está cediendo y el fresco de las tardes obliga a ponerse un sobretodo. Firio quiere tocar el asunto de la inminente guerra que podría involucrar, con desmesura, a los grandes imperios europeos.

–No, Firio –le detiene Carmelita–, lo que menos necesita tu padre es que lo acongojes con más temas de la guerra. Mejor vengan por una rebanada de este pastel que trajiste.

–Carmen, deja a Porfirito que quiere discutir conmigo sobre la avanzada del káiser. Debemos analizar cuál será la próxima estrategia para saber si, igual, salimos huyendo de aquí.

–Yo no vuelvo a huir de ningún lado, Porfirio, escúcheme bien, la verdad es que apenas nos establecimos y no tengo ánimos de coger mis cositas y comenzar de nuevo –me recrimina Carmelita, como si fuera también mi idea esta guerra que está en boca y en los sueños de todos aquí en Francia.

Porfirito me habla del combate, de la batalla de Tannenberg. Sacamos el mapa de Europa e imaginamos las trincheras que, suponemos, se están colocando en la frontera de Francia con Alemania y Bélgica.

Platicamos sobre la situación de Europa y la conveniencia de todos los países de entrar en guerra porque están mal en sus políticas internas.

–Han encontrado que la explosión hacia fuera puede contener la revolución interna. Como Rusia, que estaba amenazada por un levantamiento social o el imperio austrohúngaro, que meses antes contenía las luchas nacionalistas que ya no podían ser controladas por el gobierno; en Alemania, por otra parte, los enfrentamientos políticos tenían tomada la política exterior; la Gran Bretaña y Francia tenían problemas entre los parlamentos y la clase trabajadora que exigía derechos, libertades e igualdad, otra vez la bendita igualdad, reclamando más derechos políticos y seguridades sociales. El sentimiento patriótico los ayudó a olvidarse de sus intereses internos y el nacionalismo los unió en contra del país vecino –le explico a Firio que me mira atento–. Uno puede autocriticarse, pero no puede tolerar el que otros vengan a decirle que no vale nada ¿verdad? Aquí en Francia, por ejemplo, se ha privilegiado la conmemoración de la Revolución francesa el 14 de julio. ¿Has visto el derroche invertido en la fiesta?

–La prensa hoy está al servicio absoluto del poder parlamentario, están buscando burlarse del extranjero, sobre todo si es alemán o ruso. Buscan poner al pueblo a la defensiva –me dice Porifirito mientras hojea el periódico–. Y están los Balcanes, padre. Quién hubiera pensado que la fatal muerte de Francisco Fernando y su esposa le daría el pretexto perfecto al imperio austrohúngaro para declararle, por fin, la guerra a Serbia. Un solo hombre asesina, un estudiante serbio, y los ánimos explotan como polvorín. Llevamos dos meses en ascuas a causa de un solo asesinato, padre. Y parece que todo se va a ir al carajo. Ya el 5 de agosto estamos declarados en guerra.

–Parece, querido hijo, que no he de librarme ni en la muerte del olor a pólvora. Nací en la guerra, viví en la guerra habré de morir en ella.

»Todos están buscando ser los más grandes. Qué error cometemos los mandatarios cuando creemos que porque gobernamos a un pueblo entero podemos extendernos hasta la casa del vecino. Todos están buscando apropiarse de los mares ajenos, nadie piensa en cuántos tendrán que sacrificarse por la ambición, el odio, la insatisfacción y la rivalidad acumuladas por años. Ojalá yo me hubiera percatado de esos sentimientos que en gran parte de México iban acrecentándose.

»No creo que sea una guerra rápida, como le prometen a los niños. Esto va a ser más doloroso, parece más difícil que nuestras guerras en México. ¿Recuerdas la Guerra de Intervención? Sé que todavía no nacías pero te lo he contado tanto, hijo.»

–Ya no le des más cuerda a tu padre con las guerras, que no duerme porque cree estar en ellas –se lamenta Carmelita, pero yo le lanzo tal mirada para callarla que mejor se da la vuelta y nos deja solos, a los hombres, como es de la gente decente.

–Me pregunto cómo sería esta guerra si el imperio se hubiera mantenido como lo había formado Napoleón: austriacos, belgas, franceses. Un imperio que buscaba extenderse más allá de los límites naturales del mar y las montañas. Nunca contaron con que en México la mitad de los habitantes amaban la libertad y el saberse independientes. Napoleón tampoco contaba con la pequeñez de Maximiliano. Dejó en manos equivocadas el destino de sus ideales imperiales: en Forey, en M. Dubois de Saligny y luego en Bazaine. ¿El año 1864? Sí. Nadie contaba con la pelea que el señor Juárez les daría, sobre todo por su política retrógrada y clerical. Tanto tiempo peleando contra los propios por un gobierno libre de ideales para que llegara el matrimonio bien avenido de los archiduques a decirnos que debíamos llamarlos *Su Majestad* y rezar acto seguido. Con qué pretextos se lanzan naciones a la guerra. En México fue la deuda de un suizo, Juan Bautista Jecker, cuyo agente, M. Dubois de Saligny, metió a Francia para cobrársela gastando esa suma más de diez veces y matando a tanta gente que no pudieron contabilizar la sangre. Además de perder a su ejército y a su líder ante la amenaza de Estados Unidos, Napoleón jamás hubiera imaginado que su plan perfecto de afianzarse en México le costaría el trono.

Yo no estaba tan convencido de fusilar a Maximiliano, pero el señor Juárez estaba seguro de que sería el mejor ejemplo para todos los connacionales que nos habían traicionado, y para la Iglesia y los conservadores. Sólo los liberales podíamos reestablecer el derecho en el país.

»Los pueblos deberían aprender de los errores de otros pueblos. Debería ser una obligación estudiar los errores que cuestan sangre y horror. Vuelvo a reiterar que la Intervención de México debió ser una lección para los países que se creen invencibles y que, por lo tanto, abordan a los más débiles. ¿Cuántos estarán aquí apostando que la Triple Entente es más débil que la Triple Alianza y viceversa?»

Así pasamos Firio y yo toda la tarde hasta la hora de la merienda. Carmelita no apareció hasta que le dije que mi hijo se iba a quedar a dormir para que le hiciera una cama. A mí me dieron las ocho, las nueve y las diez y no logré conciliar el sueño. Carmelita en la cama de al lado duerme a pierna suelta y yo trato de evitar el recuerdo de los muertos y las guerras que he evocado a lo largo del día.

Cierro los ojos y encuentro a mi madre pasando sus dedos por mi cabello. Mori, como le digo, me ve con sus ojos pardos y me habla rápida y vorazmente.

–Porfirio, tu padre habría querido que estuvieras sosegado y no en uso de las armas y contra la Iglesia. No entiendo tu afán de andar de aquí para allá sin atender a tu esposa, buscando guerra y asesinando sin ton ni son. Y ahí tienes a tu hermano en las mismas, ése más iracundo e irracional que tú, Porfirio. Yo no sé por qué o de dónde salieron ustedes así.

–Madre, a los trece años yo debía obedecerte, pero más grande debía defender a mi Patria. Debía dar la vida por una tierra, como tú dices, sin guerra y garrotazos. Recuerdas en el seminario durante la guerra contra Estados Unidos, allí el presbítero don Macario Rodríguez habría de instarnos a defender con la vida la nación de nuestros padres. No tendría más que quince años, y ya sabía que ése era mi destino: ser un héroe por la libertad y la paz. Nunca te falté, siempre busqué que te llenaras de orgullo por haberme criado sin mi padre. Yo mismo me prometí hacerme cargo de todos, para hacerte la carga más fácil. Así lo cumplí. Tuve tres madres y a las tres veneré, casándome incluso con la hija de una, de Manuela. Por sacarte las penas me volví casi sacerdote, aprendí los oficios de zapatero, herrero, arador, carpintero, bibliotecario, licenciado, general, gobernador y presidente. México te debe tanto que debieras ser la madre de la Historia.

–Porfirio, no puede ser que no concilie unos minutos de sueño. Por lo menos no murmulle que espanta al mío y yo sí me siento cansada. Cuando amanezca ya tendrá oportunidad de seguir la plática con Firio –me dice Carmelita con tono de desmayo.

–Sí, Carmelita, ya me estoy durmiendo, ande y no se preocupe. ¿Me ha traído el vaso de agua? No lo veo.

–Por favor no siga hablando. Se lo suplico.

Tomo dos tragos porque la boca la tengo seca como un desierto. Cierro los ojos e intento dormir para no molestar a Carmelita. Encuentro en mis sueños tantas imágenes, tantos rostros, tanta sangre, tantas vidas y tantas muertes que no logro descansar hasta que el canto de una lechuza mece a mi necia cabeza.

Amanece por fin en Biarritz y siento que no he descansado. Carmelita está en el comedor con mi hijo que ya se va con su familia. Lo abraza y yo lo veo tan idéntico a mi padre. Y Carmelita tiene ese aire de familia que igual me recuerda a todas mis mujeres en una. Los ojos de Petrona, las manos de Delfina, los gestos duros de Justa. Todas las que me cuidaron y dieron sus mejores días a un soldado empeñado en cumplir con su destino como el más ágil de los venados.

Me quedo en el dintel despidiendo a Firio y amenaza arriba en el tejado un tlacuache que saca las garras para saltarme. Carmelita enfurecida le tira agua fría para espantarlo. Yo me quedo su mirada de odio más filosa que sus manos. Creo que es un nahual que está buscando el momento preciso para arrancarme los ojos. Si yo no hubiera ignorado el dolor y el odio que se fue acumulando en las familias de tarahumaras contra los criollos y de los mayas contra todos, no se hubiera dado aquella guerra en Tomochi a finales de 1891 en que fueron carne de cañón las propias castas. Eran días en que yo busqué la paz a toda costa ofreciendo la modernidad a cambio de las armas. No me di cuenta de que los indígenas se aferraron a su pasado, a sus bosques en lugar de trenes y a sus sembradíos en lugar de minas y haciendas. Los chamanes juraron vengarse de mí y no dejarme descansar jamás por los muertos suscitados por mis tropas. Todo el país tenía la orden de mantenerse en paz. No quería yo más riesgos ni noticias al extranjero de ingobernabilidad. Los chamanes se unieron a la Iglesia católica y juntos prometieron derrocarme y llevarse mi alma al demonio por traicionar sus raíces.

–¡Mis raíces! –les dije. En mi sangre corría la sangre criolla: mezcla de sangre mixteca y española.

Pero ninguno de ellos quiso dialogar y, manipulados por el fanatismo de la Santa de Cabora que juraba vengar a todos los indios cuando ella no tenía lazo sanguíneo, se lanzaron al ruedo sin capote. Yo no quise escuchar los reclamos de esos indios que buscaban vivir diferente bajo las mismas leyes. Querían hacerle cambios a la Constitución que tanto trabajo costó formalizar. No aceptaron que nunca se le dará gusto a todos, porque a esa misma Constitución los indígenas buscaban derogarla, los criollos la apoyaban, los extranjeros la criticaban. Nunca hubieran podido ser todos felices. Hubo que sacrificar a aquellos *santos* por el bien de la mayoría, por darle un nombre a México. ¿Qué iba yo a saber de aquellas querellas de años, de siglos casi? Las tierras y los baldíos no se los había quitado yo de tajo, ya los frailes se habían adueñado de sus tierras comunales. La guerra de Independencia, es cierto, no les había hecho justicia, pero cómo iba yo, de tajo, a arreglar tantos desequilibrios cuando lo primero que había que hacer era darle una cara y un nombre al país que había sangrado por tantas heridas. Las distintas razas asentadas en Chihuahua fueron pólvora fácil de encender por los que tanto anhelaban volver a desestabilizar al país. Tuve que darle entrada a la modernidad y para eso fue necesario sacrificar algunas tradiciones. Pero el fanatismo inspirado en la religión siempre es un arma religiosa y la Santa de Cabora supo bien llevar su cometido de levantar a cuanto creyente estuviera cerca. Fue una mujer que rayó en la locura y en la euforia por la Iglesia, absolutamente segura de que la modernidad debía sustituirse por la idea de comunismo. Lauro Aguirre también pudo tomar revancha y llevar el pleito a nivel personal y político contra mi mandato levantando a los pueblos serranos en armas. Lo absurdo, siempre lo he dicho, era gritar el nombre de Dios para poner de carne de cañón a los indígenas argumentando que los herejes que estábamos en el poder no sólo les quitaríamos a su dios, sino sus tierras, sus hijos y sus tradiciones. Fue una guerra que no supe entender y que no quise investigar hasta que los muertos llegaron a ser más de varias veintenas. Nunca quise que se levantaran las madres contra los hijos y los hermanos contra sus hermanos. Teresa Urrea, así se llamaba esa *santa* mujer, se dedicó a sembrar la incertidumbre entre los tomoches.

—Pronto vendrán más extranjeros a usurpar sus tierras. No los dejarán sembrar ni cosechar, sino que ellos confiscarán cada fruto que osen llevarse cerca de la boca —les decía airosa—. Ustedes por tradición no tienen que pedir permiso para buscar oro o talar un árbol. No pueden tolerar que les digan cómo sembrar y cuándo levantar la cosecha —así fue como la *santa* los fue predisponiendo a rebelarse contra cualquier sistema que se asomara como diferente a lo que habían trabajado por siglos.

Yo envié a mi gente a que platicara con la mentada *santa* y no pudieron ni acercarse a su casa. El pueblo entero tenía la consigna de que arriba del poder civil estaba el poder de Dios y que nada podría pasarle a su Santa de Cabora mientras ellos, nahuales, chamanes y más, la cuidaran.

Fue así que se negaron a entregarme algunas tierras destinadas a un desarrollo agrícola y minero que pudiera sacar adelante a la población. Todo Tomochi se alzó en armas y se extendió el conflicto hasta Temosachi. Fue una guerra injusta porque mi gente los exterminó y la *santa* terminó aceptando vivir en el extranjero lejos de los machetes. Una batalla injusta contra el modernismo a cambio de la tradición. Muchos de los muertos juraron resurgir en sus nahuales y desde entonces tengo a mal vivir con el Jesús en la boca cada que un animal me ve como si fuera mi enemigo. Estoy seguro de que uno de ellos ha de aparecer cuando mi hora se acerque, sólo para recordarme que igual son muertos que les debo.

Agosto comienza a desnudar algunos árboles. El tiempo se antoja sofocante. Las noticias no son buenas en ninguna parte del planeta. Yo ya no tengo nada que hacer y sí muchos por quienes orar. México, ajeno a la hecatombe que se viene encima del mundo, sigue en diálogos sin fin entre revolucionarios. El *Dr. Atl* negocia con desesperación las paces entre Zapata y Carranza. Buscan firmar un Plan de Ayala que vuelva a poner al país en paz. Después de que la paz la tenían asegurada en mi mandato, ahora es todo lo que anhelan. Gobierna provisionalmente el licenciado Carbajal, y mediante De la Barra intenta destruir al Ejército Libertador. ¡Un ejército libertador de las armas y la matanza!, qué ironía. Llevan tres años sin sosiego paralizados por el miedo. Ya ni qué decir de un futuro promisorio para el país. Inútil imaginar que vuelvan a subirse en los rieles de la modernización.

Carmelita me apresura. No sé por qué siempre me está correteando. Para comidas, reuniones, caminatas, doctores, fiestas, cafés, tertulias. No entiende que no me importa, que estoy cansado. Me presenta mil veces a los vecinos. Me introduce una y otra vez con los funcionarios franceses. Me regaña por mis modales. Se enoja si olvido la medicina o si le cuento algún recuerdo. Nunca platicamos de México. Hace mucho que es un tema vedado. Sólo lo hago cuando viene Porfirito a visitarme. Ha regalado todos sus vestidos ampones. Dice que para qué si yo ya no quiero acompañarla a ningún lado. Prefiero quedarme en casa y comer pastel. Nada más quiero. Ya no quiero ningún deber.

IX

En el golfo de Gascuña, Saint-Jean-de-Luz, Villa Briseïs

3 de agosto de 1914

En París, 23, Avenue du Bois de Boulogne

Invierno de 1914 y primavera de 1915

Mi hijo Porfirio le ha comprado una lancha o una barcaza a nuestro querido pescador, un español divertido.

Lo que pescamos es guisado en el mismo día y comemos y reímos. Bebemos vino, hay música de un fonógrafo que me recuerda los inventos de Edison, a quien conocí en mi luna de miel con Carmelita en Nueva York. Mucho después me mandó un aparatito que grababa la voz en unos cilindros pesados. Le escribí una carta, o mejor, le grabé una carta en uno de esos cilindros que parecían mágicos:

Sr. Tomás A. Edison (estimado y buen amigo):

Me refiero a su grata del 8 de julio. Yo también como usted recuerdo con placer el tiempo aquel en que tuve la satisfacción de conocerle y conocer sus atrevidos experimentos, haciéndome partícipe de su fe inquebrantable en el gracioso porvenir de la ciencia empírica.
Fue allá en su Patria, en los primeros días de la luz eléctrica en Nueva York, y desde entonces, presentí en usted al héroe del talento, al triunfador del trabajo, al que más tarde habría de someter a disciplina el fuego arrebatado por Franklin a los cielos, para perpetuar acá en la tierra en sus maravillosos aparatos fonográficos la cariñosa voz de los seres amados reproduciendo

todos los ritmos, todos los acentos y todas las modulaciones del lenguaje humano.

Me es grato complacerle porque tengo en muy alta estimación a los grandes benefactores de la humanidad, y usted es uno de ellos, porque usted ha creado nuevas fuentes de felicidad, de bienestar y de riqueza para el género humano utilizando las más poderosas fuerzas conocidas: luz, electricidad, trabajo y genio. Su amigo, que con orgullo estrecha su mano.

Porfirio Díaz

Lo había conocido antes de empezar este nuevo siglo, cuando se inauguró la luz eléctrica, ese invento que todo lo iba a cambiar. ¡Se hizo la luz!, pensaba yo en Nueva York y con ella la verdadera modernidad. La modernidad que tanto me había afanado por traer a México, tan falto de todo.

El orden y el progreso, la otra iluminación: la educación. Lo que Barreda, mi médico, trajo de Francia con la venia de Comte: la idea de que la humanidad vendría a salvarse por la sabiduría.

En Saint-Jean-de-Luz están todos mis nietos, como un enjambre de abejas. Su alegría contagia de vida a mis años viejos. También los Elizaga vienen con nosotros a pasar las vacaciones.

Las playas del golfo de Gascuña se llenan de refugiados de la guerra. Nunca esperé ver a Europa desangrándose. Nunca pensé que regresarían también aquí esos tiempos. Las tropas del káiser han arrollado al ejército francés en el norte. El general Moltke ha lanzado una ofensiva que los periódicos no pueden creer. Yo tampoco. La magnitud es impresionante.

En Biarritz, sólo para entretenerme, juego a ver la guerra. En un mapa de Europa sobre la mesa, le enseño a Porfirito y a Carmelita las ofensivas y los ejércitos. En mi villa Espoir, cuyo nombre de todas formas no significa nada, pues no espero nada ya, coloco sobre una mesa el mapa y las banderitas que he comprado para simular a los ejércitos.

Soy un viejo general que imagina la lucha, absurda, que sus ojos contemplan sobre el mapa. Les explico los avances, las derrotas. Yo mismo quedo perplejo.

Las guerras, todas, son absurdas. Cualquiera que sea su motivo, y aun siendo limitadas sus trascendencias. Toda efusión de sangre es lamentable. Pero más sensible aún una conflagración como ésta, sensible a toda la humanidad.

Ésta es, sin duda, una guerra de desgaste.

En el río Marne los ejércitos alemanes han sido detenidos por un tiempo. Las trincheras han hecho su trabajo. Es otoño. Pronto llegará el invierno y el frío y la batalla será más cruenta.

No sé cuándo regresaremos a París. Cuándo será seguro. Por ahora, aquí en el sur, contemplo la guerra. Es la primera vez que lo hago. En todas las otras yo mismo fui partícipe. Luché codo con codo.

De hecho volvería a vivir para defender a mi Patria. Volvería a vivir sólo para alcanzar ese día, el 2 de abril, cuando gané la batalla de Oaxaca.

Es el momento más feliz de mi existencia.

Todo lo que ocurrió después fue desandar lo andado. Nada me complace tanto como esa vieja victoria que ahora huele a humedad y a vaho. Esa victoria que sólo yo recuerdo.

Sueño. No estoy aquí. Sé quién soy, pero es como si no tuviera nombre. Pero no es un sueño. Es una vieja batalla. Es como si la estuviese viviendo de nuevo, por río Verde. Es 13 de agosto de 1857 y estoy defendiendo Oaxaca y al nuevo gobernador Juárez.

Una bala viene a internarse en mis intestinos. Duele, la desgraciada. Pero aun así, de pie, lucho. Arengo a mi compañía zapoteca. Persigo a los soldados de Salado hasta el río. La lucha es a machete limpio. Con algunas balas. Caen casi todos. Unos cuantos huyen en canoa.

Los cocodrilos los matan. No logran cruzar.

En Cacahuatepec descanso y me repongo de la herida. Un mayor me ha curado con un emplaste de hojas secas. Pero el sacerdote del lugar trae a un indio que me aplica un ungüento mixteco, con ocote, huevo y grasa.

Si no llegamos pronto a Oaxaca, vamos a morir. Ordeno que los soldados preparen camillas y nos trasladamos, medio muertos. Ahora me veo a mí mismo, apenas si podía andar.

A medio camino un médico enviado por Juárez nos reprendió por la locura de andar en las brechas. Nos llevó a una hacienda cercana. Dieciocho días estuve allí, tumbado.

Nada permitía encontrar a la desgraciada bala. Los dolores del sondeo para hallarla eran peores que la pena misma de tenerla dentro. Anduvimos así, maltrechos, de regreso a Tlaxiaco. No fue sino hasta noviembre cuando llegamos a Oaxaca.

Casi tres meses en medio del fango, medio muertos también.

Y pensar que en el verde ocre de Tehuantepec viviría los siguientes años, siempre combatiendo desigualmente.

Ahora sueño que tengo la bala aún adentro.

Me duele.

No sé dónde estoy. Grito, desesperado. Mis manos palpan los intestinos, buscan la bala. Sangro. Mojo las sábanas. La alfombra. El cuarto entero se tiñe de rojo.

Nado en el mar de mi propia sangre.

Una voz extraña, que es mi voz, dicta una carta. Alguien escribe. No puedo ver su cara:

El Pueblo mexicano, ese pueblo que tan generosamente me ha colmado de honores, que me proclamó su caudillo durante la guerra de Intervención, que me secundó patrióticamente en todas las obras emprendidas para impulsar la industria y el comercio de la República, ese pueblo, señores diputados, se ha insurreccionado en bandas milenarias armadas, manifestando que mi presencia en el ejercicio del Supremo Poder Ejecutivo, es causa de su insurrección.

No conozco hecho alguno imputable a mí que motivara ese fenómeno social; pero permitiendo, sin conceder, que pueda ser un culpable inconsciente, esa posibilidad hace de mi persona la menos a propósito para raciocinar y decir sobre mi propia culpabilidad.

Luego toso. Escupo sangre. La mano sin rostro que escribe mi carta se detiene. Le digo que siga. Que continúe. Dicto de nuevo:

En tal concepto, respetando, como siempre he respetado la voluntad del pueblo, y de conformidad con el artículo 82 de la Constitución Federal vengo ante la Suprema Representación de la Nación a dimitir sin reserva el encargo de Presidente Constitucional de la República, con que me honró el pueblo nacional; y lo hago con tanta más razón, cuanto que para retenerlo sería necesario seguir derramando sangre mexicana, abatiendo el crédito de la Nación, derrochando sus riquezas, segando sus fuentes y exponiendo su política a conflictos internacionales.

Espero, señores diputados, que calmadas las pasiones que acompañan a toda revolución, un estudio más concienzudo y comprobado haga surgir en la conciencia nacional, un juicio correcto que me permita morir, llevando en el fondo de mi alma una justa correspondencia de la estimación que en toda mi vida he consagrado y consagraré a mis compatriotas. Con todo respeto.

Nado en mi propia sangre.

Grito. Vienen a verme. Carmelita, Nicanora.

Me dicen que me calme. Que es muy noche. Que no pasa nada.

–¡Nada! ¡Y toda esta sangre! ¿Quién va a limpiar la sangre?

Los árboles de las grandes avenidas de París no tienen hojas. Pelones. Se dirían tristes. Ésta es la última primavera que veré. Estoy seguro. Y aguardo los retoños de esos árboles con la esperanza de contemplar el regreso de la vida que son las estaciones. En México vivimos una estación perpetua en el clima y, se diría, una estación perpetua en la política: la violencia.

El país se deshace entre las manos de los políticos. Sólo yo, en apariencia, soy eterno. Pero me estoy muriendo también, como se me han muerto todos ya. Los sobreviví casi a todos. Justo Sierra, Ramón Corral, Manuel González Cosío, entre los cercanos colaboradores.

Los soldados y guerreros de la Reforma se han ido. Manuel González. Riva Palacio. Luis Mier y Terán. Los poetas, los juristas. Los advenedizos.

Mis antiguos enemigos también han muerto.

Todo por lo que luché se desvanece para siempre en el aire. Yo mismo soy una memoria solamente. Un anciano que recuerda y olvida.

Un viejo árbol al que ya nadie visita, ni poda, ni riega.

Un árbol cansado que se marchita y perece.

Un árbol que ya no da sombra alguna.

Permanezco de pie sólo esperando el último viento que me derribe. Luego me harán leña. Me quemaré lentamente en una hoguera. Seré ceniza y polvo y nada.

Al fin.

X

En París, 23, Avenue du Bois de Boulogne

2 de julio de 1915

Siento que ya es hora.

No tengo ganas de nada, ni de comer, ni de hablar. Estoy muy cansado. Cansado como debe de estar un ahuehuete milenario, como el de Santa María del Tule. Harto ya. Sin fuerza. Nunca pensé que me sentiría así. Yo he sido siempre la representación de la fuerza, de la voluntad invencible. Soy como un ave fénix que regresa, renace. Una y otra vez vuelve.

Pero ya no más. Se ha terminado el ciclo, esta vez para siempre.

Quienes están conmigo lo intuyen. Escuchan mi respiración entrecortada y se dan cuenta de que falta poco. Ayer ha venido un cura en vista de lo inevitable. Rezó y me untó sus óleos por instrucciones de Carmelita. Ella me reconcilió con la Iglesia, pero yo sigo siendo el joven jacobino que un día dejó el seminario y se inscribió en el Instituto y se hizo liberal.

No creo en nada de esto. Los dejó hacer, no tiene caso protestar. Pero sé que no hay nada del otro lado. Un vacío, quizá. Y luego el cuerpo que se degrada y se pudre y es comido por los gusanos. Inmisericordes.

No existe el Más Allá, ni la resurrección de la carne ni la reencarnación ni todas esas patrañas espiritistas que tanto le gustaban a Madero. Él mismo y su hermano están muertos y no pueden comunicarse con los vivos. Han enmudecido como yo lo haré muy pronto.

Extraño el sabor del aguacate. ¡Extraño tantas cosas!

Cosas que ahora sé que no volveré a probar, a ver, a oler, inclusive.

Extraño Oaxaca.

Para ser un anciano, dicen los médicos, aún pienso racionalmente.

Los he oído hablar con Carmelita.

No saben, sin embargo, que desde hace días me visitan los muertos. No se los digo, porque empezarían a especular. Los médicos, como no saben realmente qué nos ocurre, adivinan. Y por eso callo lo que veo, lo que oigo. A mí, que no creo en el Más Allá, me visitan los muertos.

Y no me dejan en paz.

A veces sólo se asoman, me miran y se van. Otras se quedan. Son tan cínicos que se sientan a los pies de mi cama, esperando que hable. En ocasiones, durante la misma noche, llegan cuatro o cinco. Ayer mismo, en la madrugada, me desperté sudando y allí estaba, contemplándome, Madero. Chaparrito, diminuto, con su barba cuidada y sus ojos llorosos, húmedos de la lluvia de París y de las lágrimas que ha derramado en todos estos años. Esta vez le increpo:

—Panchito, ¿qué carajo haces aquí?

—Vengo a verlo, don Porfirio. Muchas noches he venido, pero usted no se inmuta.

—¿Estoy muerto, entonces?

—No, aún no. Casi.

–Hierba mala nunca muere, dicen.

–Así es, don Porfirio. ¿No le da pena? Debería ya morirse, liberarnos de su presencia.

–Tú, Panchito, tú eres el culpable –lo señalo, le grito–, tú dejaste escapar al tigre a sabiendas de que no ibas a poder controlarlo. Te mataron. Mataron a tu hermano. A tu vicepresidente. Y la bestia sigue suelta. La *revolución*, como la llaman, va a acabar con México.

–Usted, don Porfirio, pudo irse por la puerta grande. ¿Por qué mintió diciendo que se iría, que convocaría a elecciones? Una vez más. ¿Pensaba morirse siendo presidente de México?

–Sacrificio. Esa palabra llena de amargura, ¿te dice algo, Panchito Ignacio? Conocí a tu padre. Era buena persona. Trabajador. Honesto.

–Y luego me encarceló. Me apresó en San Luis, don Porfirio. Para eternizarse en el poder.

–¡Qué absurdo! Para poner orden, eso es todo. Antes de mí no había país, Maderito. No había México. Me sacrifiqué casi cuarenta años para levantar una nación y tú, en menos de lo que canta un gallo, lo echaste todo a perder, ¿te das cuenta?

–La democracia hubiese bastado. Lo dije una y otra vez: yo no quería la revolución. Yo también soy un enamorado del orden, como usted. Del respeto.

–¡Democracia!, es sólo una palabra. Con palabras no se construyen civilizaciones. Lo siento. Se edifican con sangre.

–Es inútil, don Porfirio. Pensé que se arrepentiría, que al menos pensaba morir en paz.

–Soy un soldado, Panchito. Un militar. La mitad de mi vida me la pasé peleando. En medio de una batalla o de otra. En la guerra. La otra mitad de mis años la ocupé en evitar más guerras. En construir la paz. ¡La paz que echaste a perder con sueños de democracia! ¿De qué sirve votar por alguien? ¿Cuántos Santa Annas más quieres en México? ¿Cuántos Victorianos Huerta?

–No me lo mencione, don Porfirio. Es uno de los suyos, uno de sus leales, no lo olvide.

–Si algo comprendes cuando haces política es que no hay leales. No existe la lealtad. Todo es negociación, todo es precario, efímero. Los amigos de un día son los enemigos de la mañana siguiente. En política ni siquiera existen las ideas, Madero. Sólo los días, y los días están hechos de pactos. ¿Ni siquiera muerto te das cuenta? A ti también te traicionaron.

–Así es como nos pagaron, don Porfirio.

–Al fin entras en razón, muchacho. Al fin entiendes. Lo irónico en política es que nadie gana, que toda victoria es pírrica, todo triunfo relativo. Precario. Dura unas horas, antes de la próxima jugada. Un ajedrez maniático, absurdo. Pocos lo entienden, pocos ponen al servicio de esa maquinaria infernal su vida entera, como yo lo hice.

–¿No le duele la ingratitud?

–No nos pongamos sentimentales, Madero. No esperé nunca que me dieran las gracias. Una Patria se hace con sudor y lágrimas.

Nadie me responde ahora. Madero se ha ido. No lo veo más. Estoy sudando. No sé si despierto o dormido.

Respiro hondo. Me adentro en la oscuridad de mi propia noche. Creo que ronco. Lo sé porque cuando vuelvo a saber de mí regreso de un ataque de tos. Me he quedado sin oxígeno, intentando tragar aire.

Es la mano de Juárez la que me toca. Su mano tosca y morena. Lo miro con viejo aprecio, con agradecimiento.

–¿Estamos en el infierno, don Benito? –le pregunto. Ríe, el pícaro.

–¡Qué viejo estás, Porfirio! Nunca pensé verte así, con el pelo blanco, la cara arrugada. Son recios, correosos los indios mixtecos como tú.

–Y los zapotecos. Y hasta los huicholes. Tanto que apreciaba a Victoriano Huerta, don Benito, y mire nada más lo que ha hecho. Usted lo sacó de su pueblo. Usted lo trajo al Colegio Militar.

–¡Qué necesidad, venir a hablar del mariguano ese, Porfirio!

–¿Y de quién más?

–De ti. Tú tienes tus propias culpas que purgar. ¿Ya se te olvidaron tus hazañas de viejo general?

–Yo sólo quería que se convocara a elecciones libres. Por eso La Noria. Nada más.

–¡Qué ironía!, las mismas elecciones que no permitiste después por tantos años.

–No estábamos preparados, ni lo estamos aún, para la democracia, don Benito. Me di cuenta tarde. Pero el catrín dominguero de Lerdo de Tejada. Ése sí fue un error. Dejarle a él todos los poderes.

–Uno se muere sin darse cuenta. Igual que ahora tú. Aquí, anciano y olvidado. En tu amado París. En tu lluvioso y oscuro París. ¡Qué lejos de lo que eras! ¡Qué lejos de Oaxaca!

–Me hubiese encantado regresar a México. Morir en el Istmo, en los brazos de Petrona, mi india. No aquí. Pero me hubiesen acribillado a balazos. Me hubiesen dejado lleno de agujeros, como una red de pescar. Hoy mismo me matarían con gusto. Una ráfaga de fuego. Soy un espectro. Un cadáver ambulante. Soy un insepulto, don Benito.

—¡Un apestado, José de la Cruz Porfirio! ¡Un paria!

Me quedo sin palabras. Juárez, sin embargo, no se va del todo. Me sigue enjugando el sudor con su pañuelo blanco. Canta una vieja tonada en zapoteco. Y a mí se me salen las lágrimas

Una frase resume mis dudas. Porque eso soy ahora, un manojo de dudas. Todos lo tienen claro, menos yo. Y es que no puedo dejar de preguntarme si hice bien. No una ocasión en particular, no. ¿Hice bien en aliarme con uno de mis adversarios sólo para obtener la victoria? ¿Hice bien cuando maté o mandé matar, cuando decía esa frase que se convirtió en mote: *mátenlos en caliente*?

Claro que la vejez es la que me juega estas malas pasadas. La edad me vuelve débil. Solo. Aquí estoy, solo: enfrentando a la muerte. Y pienso en mis deberes, en mis responsabilidades.

Este es mi juicio. Yo soy mi propio juez. Yo soy, también, el testigo. Me examino despiadadamente.

Yo soy mi abogado defensor.

No duermo. Nunca podré dormir del todo. Nunca podré descansar.

Estoy harto de las decisiones de los jueces —la prensa, los políticos improvisados, los advenedizos, incluida parte de mi familia, como fue mi sobrino—, estoy harto del chisme, la maledicencia.

Sin embargo, aquí dentro, dentro de mí, en el maldito tribunal de mi cuerpo, he de aceptar el supremo veredicto: José de la Cruz Porifirio Díaz: ¡*Culpable*!

No sé si un minuto después o muchas horas, no tengo idea de cuánto tiempo ha pasado, pero ahora tiemblo. Sacude mi cuerpo el escalofrío. La fiebre. No hay nadie. Es casi de día.

Amanece allá afuera. Un sol mustio, que no quiere dar aún la cara, se asoma por el horizonte. Apenas y aclara en esta ciudad gris. Llueve. Escucho las gotas de agua que golpean el cristal de la ventana.

Escucho. Pienso. O sueño, no lo sé.

Mi cuerpo está empapado de sudor. La ropa chorrea agua. Y allí está mi madre, mi vieja y enjuta madre.

Me besa la frente, Petrona, y me acaricia la cara con sus manos arrugadas.

—No estuviste cuando moría, Porfirio. Me dejaste sola. Pero aquí estoy yo ahora. He venido por ti. Ya es hora. Te has tardado mucho, lo sabes. Prepárate, que ya nos vamos.

—Madre —le digo—, ¿es usted de verdad?

—¡Y quién más iba a ser, hijo! Ya me cansé de esperarte. Han pasado muchos años.

—No estoy listo aún, madre. No me he despedido de nadie.

—No tengo ya más tiempo, Porfirio. ¡Date prisa, entonces!

Grito, sofocado. Despierto.

Vienen a verme. Se abren las puertas y entra un ejército de mujeres. Carmelita. Las criadas. Me miran como si ya estuviese muerto. Pero toso, toso para recordarles que aquí estoy aún, que no me he ido.

—¿Qué día es hoy, Carmelita? —pregunto.

–Dos de julio, Porfirio, dos de julio.

–Vino mi madre, Carmelita. Vino por mí. Ya es hora.

Mi mujer me toma la mano, como a un niño que dice tonterías. Me acaricia y les pide a las otras que traigan un caldo de pollo. Carmelita logró amaestrar al tigre. Ella me cuidó. Me convirtió en un personaje. Se adueñó de mí lentamente. Fue mi domadora. Ahora la bestia se le muere, en medio de sus propios secretos. ¿Tendré secretos para ella?

–Vas a ver, Porfirio, cómo te sientes mejor con un poco de caldo caliente en el estómago.

Me mima, soy su anciano recién nacido, su bebé moribundo. Su hijo renegado. Soy el que se está yendo, el que no se va del todo.

Viene el médico. Y la comida. La cara del doctor es lo suficientemente clara. Carmelita intenta ser fuerte. Por un instante se deshace entre mis manos, tiembla. Me doy cuenta, pero miro hacia la ventana para distraerme. Me recuestan. Desde hace unos días me hacen todo. Me visten, me limpian, me afeitan, me peinan, me dan de comer.

Soy inútil, un vejestorio.

Se me han ido las fuerzas. Con los sonidos. Es curioso. Nada suena hoy. Escucho las voces, por supuesto, cuando hablan. Las oigo, lejanas. Pero no hay ruidos. La cuchara en el plato, por ejemplo, el agua del caldo que sorbo sin gana. Los pasos de las mujeres que entran y salen de la habitación. Nada suena.

Es el reino del silencio. El presagio de la última noche. La noche interminable. La negra noche que no cesa.

Los romanos guardaban a sus muertos en sarcófagos. Las sustancias químicas de la piedra eran rápidas.

174

En dos semanas cuando mucho hacían su trabajo, reduciendo la carne a líquido, pudriéndola, luego sólo quedaban los huesos, más lentos. Pero un día también el esqueleto se deshace.

Los aztecas, en cambio, quemaban a sus nobles.

Los hacían cenizas. Polvo. Nada.

Nunca he entendido la fascinación egipcia por la muerte, el embalsamamiento. Las momias. Cualquiera que haya visto una momia se da cuenta de que la muerte no es hermosa. La mirada idiota del muerto detenida para siempre, la carne como chamuscada, el cabello hirsuto, tieso, sin vida, como un tejido de cáñamo o de paja seca.

Los dientes, sonriéndole a la nada.

La nada.

Me siento muy cansado. Toda la mañana la casa ha sido un trajín. Visitas. El médico que entra y sale esperando mi muerte. Carmelita que llora afuera del cuarto y luego entra como si nada.

Y mientras tanto mi garganta seca.

Hecha de arena y viento.

Toso. Escupo flemas y pedazos de mí mismo, a veces sangre.

Huele espantoso.

Toso hasta quedar exhausto y luego duermo. Pero mi sueño es ligero, miedoso. Como si temiera quedarme dormido del todo, sabiendo que nunca volveré a despertar.

¿Por qué la muerte no puede ser un consuelo?

Hace rato entró de nuevo el doctor de rostro circunspecto. Con la mirada de quien ha renunciado a cualquier intento. Estoy vivo, pero no durará mucho. Unas horas, cuando mucho, y luego todo, todo habrá terminado.

Vuelvo a preguntarle a Carmelita por el día. Responde, con paciencia:

–Hoy es viernes, Porfirio.

–¿Qué hora es?

–Van a dar las seis de la tarde.

–Me duele la cabeza, Carmelita. ¡Dejen de hacer ruido!

Me hablan de México. La casa es un ir y venir de personas. Están mis nietos. Hacen bulla. Me dicen que en mi país todo se va a arreglar, que las cosas están mejorando.

Me mienten, claro. Pobre Patria mía.

Yo cierro los ojos, sin ganas ya de hablar. Me voy quedando dormido. Miro, a la distancia, a mi madre que viene por mí. Me sonríe, Petrona, me mira compasiva.

–José de la Cruz Porfirio –susurra–. Ya nos vamos.

–Sí, madre. Lléveme con usted.

Ya todo ha sido dicho. Llega al fin la calma. El silencio. Se callan una a una las voces. Se apagan una a una las luces. Duermo, me quedo quieto.

Todo ha terminado.

¡Bienvenida la noche!

Yo, el olvidado, no he podido olvidar.

Aquí sigo, deambulando, atado a la memoria, como un lastre que no me deja ir, escapar del todo. Soy prisionero de mis recuerdos. En mi tumba, en Montparnasse, sólo descansan mis huesos. O el polvo en el que los gusanos han transformado mis huesos. Sin embargo todos los días llega alguien de México a visitarme. Dejan recados, cartas enteras; me piden que los ayude, como si fuera la virgen de Guadalupe. Me hablan de sus hijos. Es curioso, no he dejado de ser el patriarca de esa sarta de desamparados que llamamos México; por eso me piden por sus hijos, me cuentan sus historias. No sé qué demonios han ido a hacer a París, pero allí llegan a verme. Uno que otro incluso se santigua, háganme el cabrón favor. Se despiden llorando. Le hablan a un muerto, como si supieran que en realidad sigo vivo.

Sangre, miseria, corrupción. ¿En qué orden lo pongo? Cualquiera vale. O podemos jugar a todas las combinaciones posibles: miseria, corrupción, sangre, corrupción, sangre, miseria, miseria, sangre, corrupción, sangre, miseria, corrupción. No tiene caso seguir; esas tres palabras definen el país que abandoné el 31 de mayo de 1911, hace ya tanto tiempo, y que nadie ha podido domeñar. Lo dije al salir: los tristes acontecimientos les dirán que a México sólo puede go-

bernárselo como yo lo hice, a golpes. Es una bestia indómita que no resiste la caricia, ni el amor.

No es un político sino un domador el que puede vencer.

No puedo mirarme al espejo. No hay ningún espejo en el que pueda verme ya. Soy polvo y recuerdo. Soy una voz que se resiste a callar. Soy un grito desesperado, un lamento ronco y antiguo.

Soy el fantasma que un día ocupó la plaza de México, el 21 de junio de 1867 y sin una gota de sangre hice prisioneros a todos los que la defendían. Soy el mismo que con un ejército de veinticinco mil hombres recibió al presidente de la República, Benito Juárez, habiéndole limpiado el camino para su regreso.

Soy el que después luchó contra él y fue vencido. La muerte del zapoteco y la necedad de Lerdo de Tejada me obligaron nuevamente a conspirar. Fui el que murió en La Noria y resucitó en Tuxtepec. Por eso no he muerto aún ni moriré nunca del todo.

Soy el perdedor y el triunfador, el enfermo y el padre, el tirano y el jinete. Soy el que suspira.

Soy una memoria adolorida, que aúlla.

Soy el dolor que no cesa, la angustia que no termina, el llanto que se ha vuelto arena y pica y molesta, y hace que la piel sangre. Estoy hecho de cientos de lágrimas de sangre y piedra.

El hierro se puede fundir, se vuelve líquido. La roca es eterna. A la intemperie el viento la erosiona, pero en miles de años. Se tarda el viento. El agua la pule, la vuelve roma. O la horada poco a poco y la agujerea. El viento y el agua hacen el trabajo del tiempo. Pero la roca sólo puede ser polvo, arena, sólido recuerdo del monte que antes era.

Estoy hecho de piedra. Soy una montaña eterna. Una montaña que suplica, que clama, que aguarda.

Soy una víctima de la espera.

Soy el desterrado hecho de tierra.

Todavía hay quien cree en la verdad. Y la escribe con mayúsculas, La Verdad. No existe la verdad. La verdad es mutable y plural.

Yo soy la mentira.

La mentira que grita y nadie la escucha ya. Los fantasmas no asustan, ¡qué va! Los fantasmas son invisibles, sólo miran. Miran con sus ojos vacíos el río de sangre y destrucción en el que se ha convertido México. Los fantasmas lloran pero no tienen lágrimas. Los fantasmas están secos.

Los fantasmas siempre pierden.

Soy un fantasma de piedra que recuerda, que no olvida. ¡Qué tragedia que una y otra vez revivas lo ocurrido en tantos años! ¡Qué asco es la memoria, infinita y esdrújula!

Cae la nieve hoy en París. Cae la nieve sobre mi pequeña tumba, pero no me puede tocar. No la siento, blanca y fría. Húmeda, la nieve.

Hace tanto tiempo que no siento el calor.

El invierno nunca termina en mi larga noche francesa. En mi interminable noche francesa.

Hubo un tiempo en que todos creían en mi palabra. Buscaban mi palabra. Iban a Palacio Nacional o a Chapultepec y pedían mi palabra. Querían escuchar mi voz, mi voz que era promesa. Era yo un ramillete de promesas. Era la promesa andante. Todos se iban contentos, habían hablado con el Presidente. Él arreglaría las cosas.

Hubo una vez que yo era Dios.

Y decía: «Hágase la luz», y la luz se hacía.

Y decía: «Hágase el dolor», y el dolor se hacía.

Y decía: «Hágase la muerte», y la muerte lo cubría todo de rojo. Es horrible el olor de la muerte.

Oigo los gritos de los indios. Los gritos de los yaquis. Y me hago el sordo. Puedo dejar de escucharlos, pero no puedo olvidar.

Huelo el olor de la peste. El olor del cólera. El olor de los cadáveres después de la batalla.

Es un olor a podrido. Es el salvaje olor a Dios.

Un caballo me mira con sus ojos desorbitados. Estoy en Puebla, el 5 de mayo. El animal está tirado, resopla. Me suplica que lo acabe de matar. Sangra y sufre y me mira con sus ojos pidiendo clemencia.

Disparo.

Ese caballo huele a pólvora.

Hubo una vez que yo fui Dios, hace ya tanto tiempo.

TABULA GRATULATORIA

Desde 1992 me rondaba en la cabeza la idea de escribir este libro. Los *Archivos* de Porfirio Díaz –una copia de los originales que están en la ciudad de México– se encuentran en la Universidad de las Américas de Puebla, donde entonces yo daba clase. Un retrato enorme del general con el pecho cubierto de medallas me miraba hierático. Consulté varias veces ese archivo, con poca noción de hacia dónde me dirigía, tomé notas, hice uno o dos bocetos de una probable narración biográfica. Ese mismo año coincidí como becario del Fondo Nacional para la Cultura y las Artes con Carlos Tello Díaz. Me deleitaba escuchándolo contar –y leer en el taller de Adolfo Castañón– fragmentos de lo que después sería *El exilio: un retrato de familia.* Mi propio proyecto entonces tomó otra perspectiva. Sin su amistad y sin ese libro crucial no hubiese comprendido que la mejor manera de novelar al anciano presidente era en su derrota, desterrado. A partir de entonces fatigué cuanta biografía y libro sobre la época caía en mis manos: porfirista, como las crónicas de José López Portillo y Rojas; rabiosamente antiporfirista como Lara y Pardo, versiones más objetivas aunque críticas como las de Bulnes; neoporfiristas, si se les puede llamar así, como las revisiones de los noventa. En fin, todo lo que cayó en mis manos. Hasta que apareció en español el decisivo estudio de Françoise-Xavier Guerra sobre el que llama, acertadamente, el *antiguo régimen*. Allí otra vez las ideas se volvieron confusas y no supe bien cómo llevar el barco a buen puerto. En la Librería Madero, de Enrique Castilla, me encontré con los dos tomos de Ralph Roeder, *Hacia el México moderno: Porfirio Díaz*, que son, sobre todo, una revisión hemerográfica magistral, y con la edición de las *Memorias* de don Porfirio. No la primera, casi secreta, de cien ejemplares que Díaz hizo circular entre sus amigos para preguntarles si debía proseguir y si no sería poco prudente publicarlas. No. Me encontré con la edición que gracias a la Universidad Nacional y a la editorial Elede realizó Alberto María Carreño en 1947 y que incluye ese tomo imposible, otro volumen con las rectificaciones a las *Memorias* escrito por el propio general y algunos tomos más con parte de su correspondencia. Poco después vine a conocer a Luis González en mis años de estudio en El Colegio de Michoacán. Al salir de un coloquio sobre la fiesta en México me acerqué tímidamente y le conté mi proyecto. Me recomendó, después de mirarme con pena con su único ojo sano entonces, el libro que él mismo volvió a editar y prologó, la antigua y muy literaria biografía de Carleton Beals publicada en 1932. Me hizo, además, una aguda observación: «Si va a escribir sobre Díaz que sea él quien nos hable, ¡quién sabe qué demonios haya pensado el viejo!» Los años siguientes me preocupé de los tres grandes perdedores de la historia de México y dejé el proyecto a un lado. Hasta el año pasado al encontrarme con un extraño libro en la biblioteca de mi padre. Un *Ensayo crítico-histórico sobre la Revolución de La Noria*, de José M. Domínguez Castilla, editado en 1935. Lo leí con prisa, casi devorándolo. Qué ocurrió no con el fracasado levantamiento sino con Díaz en el exilio, cómo se repuso de esa especie de muerte política, es el tema del libro.

Volví entonces a mis notas, releí algunos de los libros fundamentales, consulté la correspondencia, las nuevas biografías –Krauze, Paul Garner–, los trabajos literarios sobre Tomochi. En fin, cuando me di cuenta estaba yo escribiendo ya esta novela. «La facultad de adivinar lo invisible partiendo de lo visible –escribe Henry James–, de seguir las consecuencias de las cosas, de juzgar una pieza completa por el dibujo, la condición de sentir la vida en general de un modo tan completo que le permite a uno adelantar en el camino de conocer cualquier recoveco particular de la misma; todo este conjunto de dones puede casi decirse que constituye la experiencia.»

Yo he intentado aquí hacer visible lo invisible partiendo de los pequeños hechos que sabemos acerca del exilio de Porfirio Díaz. Pero he seguido también a James en la estructura y el tono, esa catapulta de toda novela –que me fue dada, como una revelación gracias a la relectura de las *Memorias* del propio general–. «La historia y la novela, la idea y la forma, son como la aguja y el hilo. Jamás he sabido que un gremio de sastres recomendase el empleo del hilo sin la aguja, o de la aguja sin el hilo.» Aquí he intentado que no se noten las costuras y que el lector se deje llevar por el pensamiento del viejo patriarca desterrado. He sido en lo posible fiel a su estilo, entrecortado, directo, filoso: de frases breves y certeras. Es el estilo de quien dicta, es el estilo de la voz, no de la escritura.

Una invitación como escritor en residencia en el pequeño Hanover hecha por el jefe de departamento de español y portugués del Dartmouth College me dio el tiempo y la energía para terminarla. A más de quince grados bajo cero, en medio de la nieve y los bosques de Nueva Inglaterra, en la Biblioteca Sanborn (lleva el nombre, claro, de uno de los hermanos de nuestro Sanborns) y en la Baker-Berry, acompañado por los irónicos murales de José Clemente Orozco, pude escribirla al fin, gracias también a los buenos oficios de Miguel Valladares, un bibliotecario que haría palidecer a cualquier personaje de Borges. Gracias a José del Pino por su generosidad y su amable acogida. He vuelto a creer que en la academia también hay –cada vez más pocos, tristemente– humanistas de verdad. Rosa, Nicolás y Gabriel me alegraron los días azules. Allí también gocé de las discusiones intelectuales que puede tener un fantasma que escribe de noche y de día con un verdadero crítico literario. La amistad de Raúl Bueno Chávez ha sido –ya también por más de dos décadas– un vaso de agua cristalina y su mente es una de las más lúcidas con las que he tenido oportunidad de conversar, ese extraño utensilio de la inteligencia hoy tan pasado de moda. No hay libro alguno de literatura latinoamericana que no haya leído. Y discutido a veces furiosamente. Beatriz Pastor me llevó en su coche a Rhode Island y pudimos allí ponernos al día en nuestras respectivas historias familiares. Por casi treinta años he admirado su inteligencia y su creatividad, en su caso, dos fuerzas de la naturaleza. El manuscrito, como ya es costumbre en mi caso, fue leído por Jorge Alberto Lozoya desde Malasia. Sus comentarios me permitieron ver mis errores y trabajar con ahínco en un mejor libro. Carmina Rufrancos, mi editora siempre, puso el lente de aumento donde debía y agregó y suprimió, labor en la que es ágil y perspicaz. Willie Schavelzon, mi agente, lee. Y lo hace con verdadero tino. Es un oasis su amistad y su ayuda permanente. Tengo que agradecer, como en todos mis libros históricos, a Diana Isabel Jaramillo, mi colaboradora, el arduo trabajo de archivo y de arquitectura en algunos capítulos esenciales del libro. Ella siempre encuentra el dato que se convierte en anécdota y por ello logra la palabra exacta. La novela histórica sólo tiene valor si podemos lograr hacer vivir de nuevo a los actores y sus circunstancias. Si he logrado que el *viejo* hablara, como decía don Luis González, me doy por satisfecho.

Índice

SEATTLE PUBLIC LIBRARY

SEATTLE PUBLIC LIBRARY